나로부터 당신까지의 — 여행

나로부터 당신까지의 여행

초판 1쇄 인쇄 _ 2018년 9월 10일
초판 1쇄 발행 _ 2018년 9월 20일

지은이 _ 김연지

펴낸곳 _ 바이북스
펴낸이 _ 윤옥초
책임편집 _ 김태윤
책임디자인 _ 이민영

ISBN _ 979-11-5877-062-4 03810

등록 _ 2005. 7. 12 | 제 313-2005-000148호

서울시 영등포구 선유로49길 23 아이에스비즈타워2차 1005호
편집 02)333-0812 | **마케팅** 02)333-9918 | **팩스** 02)333-9960
이메일 postmaster@bybooks.co.kr
홈페이지 www.bybooks.co.kr

책값은 뒤표지에 있습니다.

책으로 아름다운 세상을 만듭니다. — 바이북스

김연지
여행산문집

나로부터 당신까지의 — 여행

바이북스
ByBooks

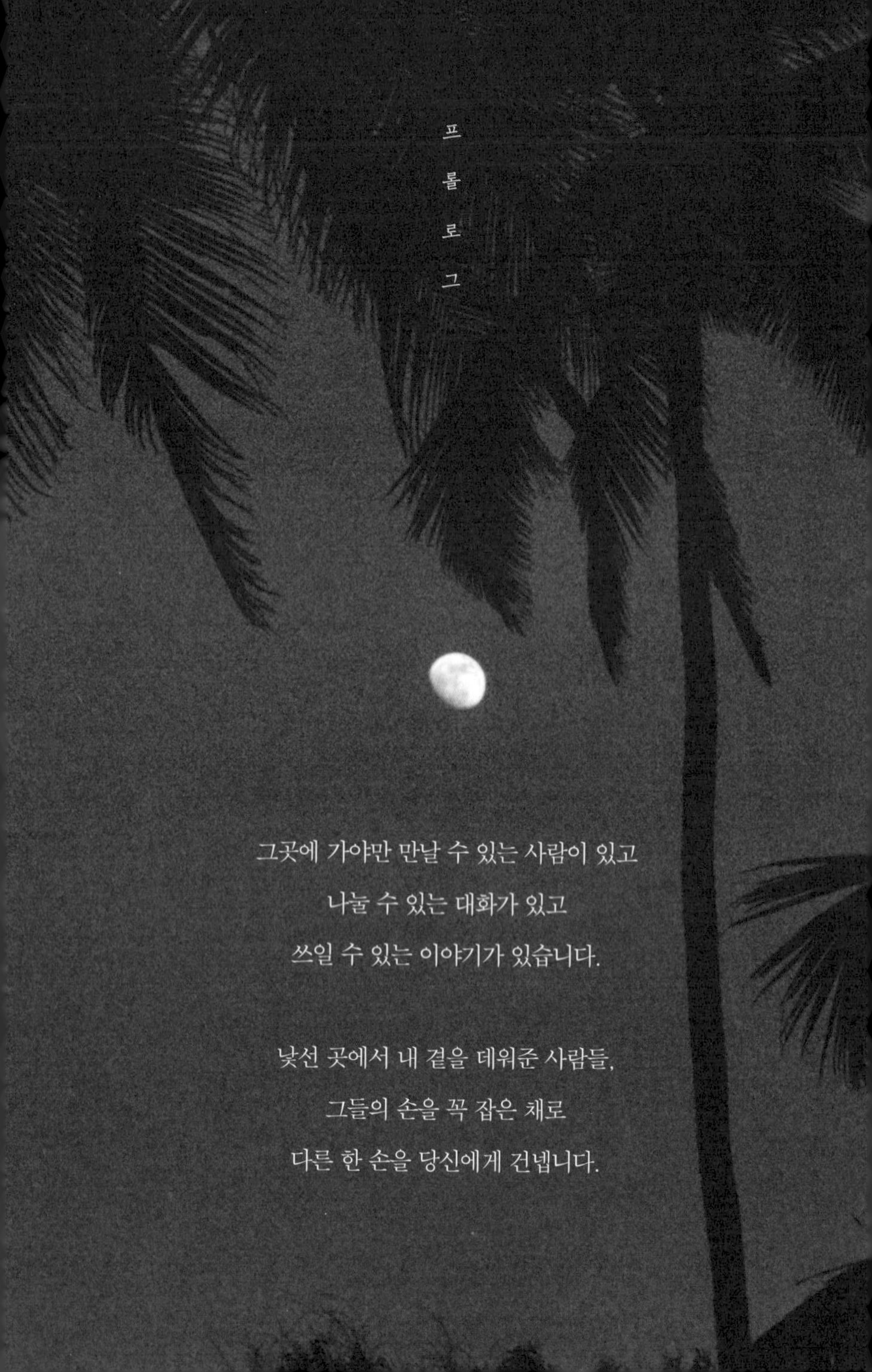

프롤로그

그곳에 가야만 만날 수 있는 사람이 있고
나눌 수 있는 대화가 있고
쓰일 수 있는 이야기가 있습니다.

낯선 곳에서 내 곁을 데워준 사람들,
그들의 손을 꼭 잡은 채로
다른 한 손을 당신에게 건넵니다.

차례

1부_

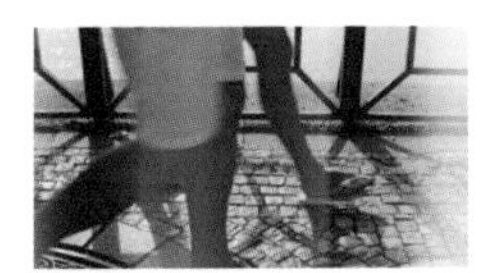

문득 흔들리고 부서질 때

1	나에게 안녕을 묻기 위해	_ 10
2	섬	_ 16
3	목적지는 모르겠습니다	_ 18
4	저무는 것들의 시간	_ 24
5	각자의 부품	_ 26
6	그날 세상이 네게 보낸 메시지	_ 32
7	기차를 타러 갈래요?	_ 38
8	프라하의 밤	_ 40
9	나를 꽃이라 부르던 사람	_ 50
10	안드레아	_ 58
11	빌라프란카	_ 62
12	어깨	_ 72
13	다시 못 볼 한 사람	_ 74
14	힘 빼기, 그리고 비워내기	_ 80
15	바다와 모닥불	_ 90
16	먼지가 쌓이는 일	_ 92
17	마음의 위치	_ 100

2부_

나로부터
당신까지의
여행

18 별뉘 _ 104
19 7시 이방인 _ 106
20 맥 _ 112
21 기억을 수놓는 정원 _ 118
22 걸음마 _ 128
23 문 _ 134
24 우리가 세상을 사랑하는 방식 _ 136
25 바라나시 _ 144
26 고양이에 대한 단상들 _ 146
27 만약 _ 150
28 여행과 연애 사이에서 _ 152
29 나로부터 당신까지의 여행 _ 160
30 약속, 쓰기, 계속 _ 162
31 당신의 바다 _ 170
32 아름답고 무용한 날들 _ 172
33 사랑의 모양 _ 178
34 포춘커피 _ 180
35 추억과 별 _ 190

3부_

작고 느린 걸음으로

36 도착 _ 194
37 식어가는 날들에 최선을 다해줘 _ 196
38 선인장의 꽃 _ 200
39 선생님 전상서 _ 204
40 돌아오겠다는 말 _ 214
41 인연 _ 218
42 취향 지키기 _ 220
43 돈과 시간, 그리고 사람 _ 228
44 유화와 수채화 _ 234
45 나의 오야꼬동 레시피 _ 236
46 고양이의 능력 _ 242
47 너는 내가 가본 가장 먼 나라 _ 246
48 우리는 사랑을 잘 해야 합니다 _ 248
49 서울의 눈 _ 252
50 지금 여기, 서울 _ 254
51 기억의 편집 _ 264

1부

문득 —— 흔들리고 부서질 때

01

나에게 안녕을 묻기 위해

바깥의 계절과는 상관없이 공항의 온도는 늘 일정하다. 더위가 푹푹 내리쬐는 여름이든, 매서운 칼바람이 부는 겨울이든, 공항은 늘 반팔만 입기엔 서늘하고 외투를 껴입기엔 답답하다. 공항에서 유지되어야 하는 것은 온도뿐만이 아니다. 매일의 무탈함을 지키기 위해 공항은 결코 잠들지 않는다. 그 불면은 어딘지 경직된 풍경을 만들어 낸다. 전광판을 빼곡히 메운 숫자들, 순서대로 오고 가는 비행기들, 짝을 맞춘 경찰들의 움직임을 지켜보자면 어떤 일정함을 유지하는 일은 참 어렵다고 느낀다. 그것이 사람을 성층권으로 띄워 다른 나라로 보내버리는 일처럼 위험천만한 일이라면 더욱더.

곳곳에 차가운 분위기가 감도는 공항이지만 게이트 앞 대기 공간만큼은 공기가 훈훈하다. 비행을 앞두고 가족과 연인에게 안부를 전하는 사람들 때문이다. 대륙을 이동하는 장거리 비행뿐만 아니라 홍콩이나 도쿄같이 비교적 가까운 거리를 비행할 때도 사람들은 꼭 전화를 건다. 나 이제 비행기 타, 응, 도착하고 연락할게, 사랑해. 안녕을 전하는 목소리에는 미지의 나라로 자신을 몰고 들어가는 사람의 설렘이 가득 담겨 있다. 여기에 작은 의문이 있다. 타국에서 전화 한번 하기 어려웠던 과거와 달리 요즘은 와이파이만 연결하면 어디서든 카톡을 주고받는 시대 아닌가. 왜 떠난다는 소식은 굳이 목소리로 전해야 하는 걸까? 비행기를 타기 전 통화를 하는 습관은, 어쩌면 마음 한구석에 꿈틀대는 불안 때문은 아닌지.

적어도 나는 그렇다. 여전히 비행이 두렵다. 몇 십 톤의 육중한 물체가 하늘로 날아올라 목적지에 당도하는 모든 과정이 기적처럼 느껴진다. 그래서 나는 비행기를 타기 전, 어쩌면 마지막일지도 모른다는 생각으로 사랑하는 사람들에게 전화를 건다. 그들의 목소리를 들으며 불안을 매만진다. 그러다 탑승시간이 다가오면 내게 일어나는 모든 일들을 기꺼이 받아들이겠다는 겸허한 자세로 좌석에 앉는다. 하지만 평온은 잠시뿐, 비행기가 이륙하며 조금만 기내가 흔들려도 신을 찾아 애원한다. 살려달라고. 운이 나빠 돌풍이라도 만나면 심장이 폭삭 내려앉는다. 조금 일찍 떠나지만 그래도 좋은 생이었다, 하며 이를 악문다. 한마디로 죽기 싫어 오두방정을 떠는 것이다. 다행히 잠이 많은 탓에 (혼자서만) 생과 죽음을 오가던 시간은 오래지 않아 깊은 잠 속으로 빨려 들어간다.

그러니까 비행기에서의 시간은, 영원할 것만 같은 내 삶에도 죽음이 존재한다는 사실을 환기시키는 역할을 하는데, 우스운 점은 이 세계에선 비행기 사고가 발생할 확률보다 길 가다 번개를 맞을 확률이 더 높다는 것이다. 그리고 번개를 맞을 확률보다 자동차 사고로 죽을 확률이 더 높다는 것이다. 그러나 나는 거리를 걸으며, 버스를 타며 행여나 죽을까 벌벌 떨지는 않지 않은가.

티베트의 속담 중엔 "내일과 다음 생 중에 어느 것이 먼저 올지 모른다"는 말이 있다. 어디서든 삶이 끝날 수 있다는 사실을 인지하고 산다면 삶은 더 풍요로워질 텐데. 주말 오후 방구석에 처박혀 핸드폰을 만지작거리기보다는 오래 못 본 친구를 만날 거고, 가시 돋친 말로 소중한 사람을 할퀴는 일도 없을 것이다. 그리고 무엇보다 좀 더 자주 엄마에게 전화를 걸 것이다. 하지만 죽음이 도처에 있다고 생각하면 나는 아마 미쳐 버릴지도. 죽음이 없다고 믿어야 살아갈 수 있지만, 죽음이 있음을 느껴야 잘 살 수 있는 아이러니라니.

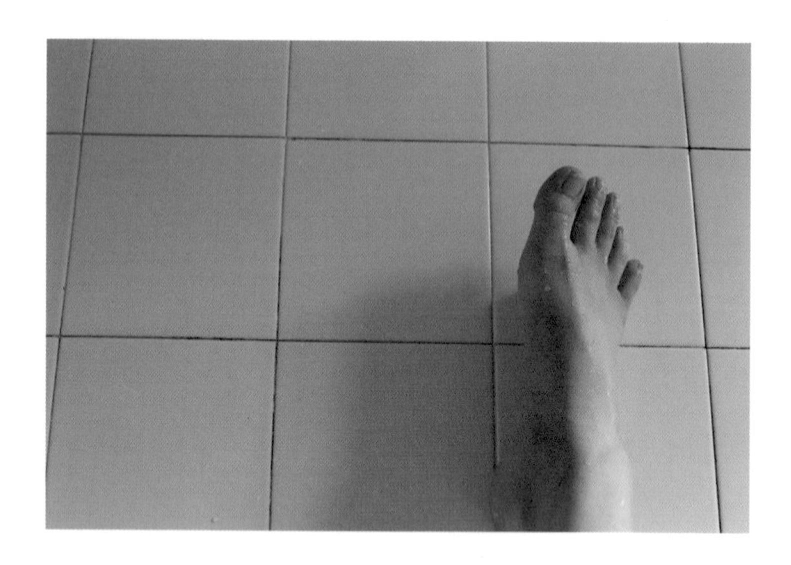

어쩌면 그래서 여행이 필요한 걸지도 모르겠다. 어느 시간대에도 속하지 않는 창공의 시간처럼, 어느 곳에도 물들지 않은 이방인이 되기 위해. 그리하여 일상의 반복적인 행위들이 가하는 마취에서 잠시나마 깨어 있기 위해. 다치지 않고서야 스스로를 돌보지 않는 우리가 가장 건강한 방법으로 자신에게 안녕을 묻기 위해. 언제 생긴 지도 모를 생채기들을 돌보며 생의 유한성은 다시금 생생하게 다가올 것이고, 여행의 끝에서 우리는 좀 더 잘 살고 싶어질 것이다.

02

섬

사람 없는 곳이 그리워
무인도를 찾았다.

바람조차 닿지 못해
적막한 고요 가운데

가장 소란스러운,
가장 오래 보아온,
그럼에도 가장 낯설은

한 사람이 있었다.

03

목적지는 모르겠습니다

"목적지가 어디예요?"

예상치 못한 검표원의 질문에 머릿속에서 단어들이 우수수 빠져나갔다. 남인도의 찌는 듯한 더위와 도로 한복판의 경적소리가 합세해 숨통을 조인다. 딱히 가고 싶은 곳이 없다. 그냥 버스를 타고 싶을 뿐이다. 런던에나 다닐 법한 빨간색 2층 버스가 인도의 시내를 활보하는 게 너무 신기해서. 아무 버스나 잡아타고 시내를 구경하다가 요란한 시장이나 한적한 바다가 보이면 내릴 요량이었다. 목적지가 어디예요? 검표원이 소리 높여 되물었다. 몇몇 인도인들이 커다란 눈으로 쳐다본다. 식은땀이 난다.

"목적지가 없어요. 그냥 버스를 타고 싶어요."

매표원의 표정에서 의뭉스러운 기색이 비쳤다. 건너편 자리에 앉은 남학생이 유창한 영어로 참견했다. 목적지를 말하고, 거리만큼 요금을 미리 내야 한다는 것이다. 이해는 한다만… 목적지가 없으면 어떡해야 하나. 나는 지금 여행 중인데, 이곳의 지리를 잘 모른다, 버스를 타고 어디로든 가고 싶다고 말했다. 남학생은 우측으로 머리를 까딱거리더니(인도에선 긍정의 뜻이다) 이번엔 유창한 힌디어로 매표원과 얘기했다. 둘 사이 몇 마디의 대화가 오갔고, 음성에서 약간의 의문과 흥미 같은 것이 느껴졌다. 남학생은 10루피를 내고 원하는 만큼 버스를 타면 된다 했다. 즐거운 여행이 되길 바란다는 인사도 빼먹지 않았다.

별로 즐겁지 않은 상황에서 떠난 여행이었다.

어떤 밤에는 근심을 들었다. 갓 스무 살에 만나 넘쳐흐르는 생명력을 온갖 멍청한 짓들에 쏟아 붓던 친구들이 모인 자리. 허구한 날 자취방에 모여 누워서 폰을 만지거나 앉아서 배달음식을 먹던 것도 한 철이다. 4년이 지난 우리는 만나기만 하면 머리를 맞대고 살 길을 궁리하기 바쁘다. 누구는 공무원 시험을 공부하고 누구는 대기업 취직을 준비하고 누구는 여전히 모르겠으니 학점 관리에 충실이다. 좋

은 시절 다 갔다며 쉰 소리를 하지만 다들 각자의 방식으로 스물셋을 잘 헤쳐나가고 있었다. 적어도 내가 보기엔. "너는 어떻게 하려 그래." 친구의 물음에 나는 할 말이 없었다. 조금 부끄러운 기분이 들었다.

어떤 밤에는 스스로를 근심했다. '그러게. 나 정말 어쩌지.' 좁은 시야가 삶을 대하는 태도에까지 영향을 미친 걸까. 돌이켜보니 나는 당장 하고 싶은 것만 하고 살기 바빴다. 초점마저 분명치 않았다. 글을 쓴답시고 인디밴드를 쫓아 다니던 시절이, 술이 좋아 매일같이 바에서 칵테일을 만들던 시절이, 그러다 돌연 일 년 내내 여행만 하던 시절이 있었다. 까마득한 목표 없이 매 순간이 목적이었던 날들이었다. 그러다 보니 걸어온 길이 도무지 뒤죽박죽이라 이제는 오래 걸어야 할 한 가지 길을 택하는 게 어렵다. 설사 어느 한 길을 택하더라도 그간 제멋대로 걸어온 내가 마음을 다잡고 길을 오래 걸을 수 있을까. 아니, 그 길이 나를 허락해주기나 할까. 고민을 하는 동안에도 시간은 점점 나를 스물셋의 끝자락으로 밀어냈다.

이런 생각들로 전공 수업을 듣다가 두 번째 휴학계를 냈다. 한 학기는 서류 한 장으로 간단하게 정리되었다.

어차피 가고 싶은 곳도, 돌아올 티켓도 없는데 버스를 타고 어디를 가든 무슨 상관인가. 운명에 몸을 맡긴 채 나도 모르는 종착역으로 향하는 동안 버스는 유럽풍의 기차역과 미술관을 지나갔다. 뻥 뚫린 도로를 시원스럽게 달리던 버스는 가리비 마냥 따닥따닥 몸을 붙인 판자촌에서 교통체증을 맞았다. 여행자의 시선으로는 부도 가난도 모두 다채로운 도시의 한 조각이었다. 버스는 다시 속력을 내어 뭄바이의 중심쯤으로 생각되는 번화가에서 멈췄다. 종점이었다. 그곳은 관자놀이가 아플 정도로 시끄러운 곳이었기에 재빨리 다른 버스에 올랐다. 이런 식으로 몇 대의 버스를 갈아타자 마침내 한 면이 뻥 뚫린 바다가 나왔다.

바다 뒤로 해가 넘어가는 모습이 꼭 나의 스물셋이 저물어가고 있는 것처럼 느껴졌다. 휴학을 하지 않은 여대생이라면 졸업과 취업을 앞두고 있어야 할 나이. 자신의 생계를 오롯이 책임질 수 있는 게 어른의 기준이라면, 어른을 목전에 두고 있어야 할 나이. 무수한 길이 놓여 있으나 정작 선택지는 제한적인 나이에서 어느 한 가지 길을 고르는 것은 종점을 모르는 버스를 잡아타는 일과 같다고 생각했다. 과연 내 삶의 노선은 어디를 지나가게 될까. 어디에 닿아 있을까. 사는 일도 여행처럼 종점은 생각하지 않고 매 순간에만 집중할 수 있다면, 언제든 끌리는 곳에서 내려 아무 버스나 갈아 타도 안전할 수 있다면, 이대로 목적지 없는 여행을 계속할 수 있다면, 삶은 얼마나 살만한 것일까.

돌아올 때는 사람들에게 물어 숙소까지 한 번에 가는 버스를 탔다. 날이 저물기도 했고 무엇보다 버스를 탈 때마다 목적지가 없음을 설명하는 건 꽤나 피곤한 일이었다. 하지만 정작 나의 목적 없음을 납득시켜야 할 사람은 매표원이 아니라, 가족과 친구들이 아니라, 나 자신이었는지도 모르겠다.

04

저무는 것들의 시간

한쪽 고무가 없는 이어폰이 들려주는
반쪽짜리 음악이 파도 소리와 닿을 때,
풍경의 조각들은 제각기 다른 빛을 입어
한 폭의 점묘화를 내어줍니다.

순식간에 세상은 끝없는 전시관이 되고,
작품들은 저마다 아름다움을 뽐내는데,
눈을 가린 내겐 벽에 걸린 벽일 뿐입니다.

파도는 수평선 너머의 미지를 등에 인 채로
자꾸만 몰아치며 안아보라 재촉합니다.

나는 먼지 쌓인 붓을 훌훌 털어
가슴에 한 움큼 적셔 도화지로 뻗지만
가시지 못한 그리움이 떨어져 구기고 맙니다.

이 순간 해가 한층 더 지상 가까이 내려옴은
내 그림자를 한 뼘 더 자라게 하기 위함이겠죠.
하지만 지친 나의 그림자는
자꾸만 어둠을 찾아 쉬고 싶어 합니다.

이제 그도 인도양의 짙푸른 품으로 스며들고
사람들도 하나둘 제 품을 찾아 들어가는데
나는 어디로 가야 할까요.

날숨이 혀끝을 스치는 이 땅의 이름처럼
물들지 못한 이 순간도 아스라이 사라져갑니다.

05

각자의 부품

늦은 9시 50분, 바라나시의 어느 골목. 현지 친구의 결혼식에 다녀오느라 간만에 먼 외출을 했다. 숙소 통금 시간이 10분밖에 남지 않았는데 나를 태운 사이클 릭샤*는 느려도 너무 느리다. 이러다간 주인아저씨의 따가운 눈초리를 맞아야 할 테다. 통금 때문이 아니더라도 사람 하나 없이 어두컴컴한 골목을 혼자 걸을 생각을 하니 팔뚝에 오소소 소름이 돋는다. 그런데 어째 마음이 급할수록 릭샤꾼의 발구름은 더뎌지는 것만 같다. 앙상하게 마른 다리는 내 몸무게에 항의

* 자전거 동력으로 움직이는 인도의 교통수단

라도 하는 듯 굼뜨게 움직인다. 뒤따라오던 릭샤 한 대가 따르릉 벨을 울리며 쌩 하니 앞질러 나간다. 아, 차라리 내가 직접 릭샤를 모는 게 나을 것 같다.

음? 안 될 것도 없잖아. 자고로 사람이란 머리에서 발까지의 거리가 짧아야 한다고 배웠다. 나는 신영복 선생님의 가르침을 몸소 실천하고자 바로 릭샤꾼을 멈춰 세웠다. 뒷자리에서 내려 심각한 표정으로 손목시계를 가리키고 비장한 표정으로 나 자신과 자전거 안장을 번갈아 가리켰다. "나 빨리 가야 해요. 자전거는 내가 몰 테니 아저씨는 뒤에 타세요." 릭샤꾼은 겸연쩍은 표정으로 고개를 끄덕이더니 자전거에서 내려 뒷자석으로 옮겨 탔다.

안장이 높은 것만 빼면 자전거는 완벽했다. 체인이 뻑뻑하게 돌아가지도 않았고, 바퀴에 바람이 빠진 것도 아니었다. 신이 나서 페달을 냅다 밟았다. 하루에 10번쯤 욕하던 인도의 공기가 상쾌하게 느껴졌다. 구경난 듯 쳐다보는 사람들의 눈길쯤이야 신경 쓰이지도 않았다. 릭샤 모는 외국인 여자 처음 보겠지 뭐. 보란 듯이 최고 속력으로 페달을 밟다 보니 어느덧 숙소 근처였다. 슬슬 속력을 줄이고자 브레이크를 잡았는데… 젠장. 브레이크라고 생각한 그것은 알고 보니 벨이었다. 손잡이를 잡을 때마다 '따릉' 소리만 날 뿐 전혀 속도가 줄지 않았다. 결국 나는 거리 중앙에 놓인 커다란 화분에 부딪혀 다리를 긁히고서야 릭샤를 세울 수 있었다.

우여곡절 끝에 다다른 숙소는 어이없게도 활짝 열려 있었고 주인아저씨는 외출을 했는지 보이지 않았다. 그래도 릭샤꾼이 원래 약속한 값에서 10루피를 빼고 받았으니 잘 된 일이라 할 수 있겠다. 방에 들어와 상처에 약을 바르며 생각했다. 아저씨가 속력을 못 냈던 이유는 브레이크가 없어서였구나. 한 번에 속력을 너무 내버리면 멈출 수가 없으니 애초에 천천히 달린 것이다. 힘이 없는 탓도, 게으른 탓도 아니었다. 아저씨는 자신이 갖고 있는 부품으로 최선을 다한 거였다. 그 앞에서 감히 우쭐거렸다니. 다리에 난 상처보다 얼굴이 더 후끈거렸다.

인생이라는 도로 위에서 우리는 저마다 다른 부품을 갖고 달린다. 어떤 이는 브레이크가 없어서 페달을 살살 밟아야 하고, 어떤 이는 백미러가 없어서 자꾸만 뒤를 돌아봐야 한다. 남들 갖고 있는 부품은 물론이요, 6단 기어까지 갖춰 언제나 앞서는 이는 알고 보면 안장이 맞지 않아 내내 서서 달리고 있는지도 모른다. 그리고 이 모든 속사정은 본인만이 알기에, 겉으로 드러난 것은 오로지 빠르고 느린 속력뿐이기에, 우리는 타인을 답답히 여기기도, 때로는 시기 질투 하기도 한다. 사실은 모두 각자의 부품으로 최선을 다하는 것이고, 그렇게 만들어진 각자의 속력은 그저 고유한 흐름일 뿐이라 서로 비교할 필요가 없는데도 말이다.

그날 밤 나는 아무리 마음이 급하더라도 자전거 릭샤는 몰지 말아야겠다는 다짐과 함께 그 처지가 되어 보지 않으면 절대로 이해할 수 없는 부분이 각자의 삶에 존재한다는 깨달음을 오래도록 기억하고자 했다. 뜻밖에 찾아온 10루피짜리 인생 수업이었다.

06

그날 세상이 네게 보낸 메시지

여행자 거리의 조그마한 크레페 가게, 바 테이블에 비스듬히 기대선 두 사람이 열렬하게 대화를 나누고 있다. 까맣게 탄 남자의 웃통엔 과거 '히피의 성지'라고 불렸던 이 해변의 명맥을 이어가기라도 하겠다는 듯 알 수 없는 문양들이 가득하다. 머리에는 꼬불꼬불 태운 여러 개의 머리 가닥이 똬리를 트고 앉았다. 그에 반해 여자는 수수한 차림새다. 금발의 곱슬머리는 자연스럽고 눈가에는 주름이 부드럽게 자리잡혀 있다. 둘은 어떻게 만났을까. 지난밤 클럽에서 만난 사이일까? 아니면 요가원? 이 남자와 여자는 클럽과 요가원만큼의 온도차만큼 부조화스러워 보인다.

잘은 모르겠지만 오래 본 사이는 아닐 것이다. 저렇게 대낮에, 그것도 술 한잔 없이 지나온 인생을 토로할 수 있으려면 아이러니하게도 서로 잘 모르는 사이여야 한다. 같은 방향을 보고 나란히 걸어온 사이가 아니라 반대 방향에서 걸어와 시선이 부딪힌 사이여야 한다. 상대에 대한 무지를 인정하는 상태에서 가장 순수한 청자와 가장 적극적인 화자가 존재할 수 있다. 때때로 우리는 서로를 다 안다고 생각하여 오해를 쌓고 갈등을 일구지 않던가. 접점 없던 두 사람이 만나 무지라는 거대한 공백을 메워가는 모습은 아름다운 동시에 흥미롭다. 그들 쪽으로 몸을 기울여 귀를 세워본다.

여자는 후회하는 일들이 많다고 말했다. 그녀의 문장에는 유난히 'What if'가 많이 들어있다. 만약 내가 이혼을 하지 않았더라면, 만약 내가 일을 그만두지 않았더라면, 만약 내가 좀 더 현명한 선택을 할 수 있었더라면… 그녀는 모든 순간의 잘못된 판단으로 이곳까지 흘러 들어왔고, 지금은 완전히 만신창이다. 낮에는 요가로 마음을 다스리고 저녁에는 술을 마시며 춤을 추지만 밤이 오면 모든 것이 어려워진다. 어디서부터 잘못되었을까. 어쩌다 여기까지 왔을까. 여자의 말 마디 마디 사이에 쉼표처럼 한숨이 박혔다. 이야기를 엿듣는 나조차도 가슴이 확 미어지는데 남자라고 어떤 위로를 해줄 수 있을까. 남자의 반응은 뜻밖이었다.

Food&Drink Specials
Today
EVENTS / PROGRAM

TO THE SHOP
TOILETS

"너는 그저 세상에 반응한 것일 뿐이야. 다른 건 없어. 너는 너의 의지로 춤을 춘다고 생각하지만, 사실은 음악에 반응한 거야. 너는 너의 의지로 크레페를 먹는다 생각하지만, 사실은 배고픔에 반응한 거야. 너는 모든 순간 너의 의지대로 결정하고 행동한다고 생각하겠지만 그렇지 않아. 그날 아침 눈을 떴을 때의 구린 날씨, 그날따라 기분이 안 좋았던 직장 상사, 그가 서류 파일을 던진 순간 유리창 너머로 날아가는 비행기… 그날 신은 너에게 당장 그 엿 같은 도시를 떠나라고 메시지를 보낸 거야. 거기서 네가 달리 취할 수 있는 행동이 있었겠니. 너는 네 자신을 위한 최선의 선택을 한 거야. 그러니 스스로를 탓하지 마."

의도치 않게 들은 장황한 연설에 하마터면 손뼉을 칠 뻔했다. 남자의 투명한 갈색 눈에는 일말의 의심도 없어 보였다. 무엇을 택하든 그것이 최선이라니. 그렇다면 나 또한 나의 최선의 선택들로 여기까지 온 건가. 여기에 있는 모두가, 이 지구 위에 살고 있는 모두가 그런 것인가. 내가 그려온 삶의 궤적이 모든 순간들의 최선이라 생각하면 적어도 가보지 못한 길에 대한 미련은 사라진다. 그러나 앞으로 내가 어떤 선택을 하든 그게 나의 의지와 상관없는 일이라 생각하면 도무지 허무해져버리고 마는 것이다.

이런저런 생각들로 머리가 어지러운 사이 남자와 여자는 자리를 떴다. 깨끗하게 비운 에스프레소잔을 보니 그들의 이야기를 엿들은 게 한낮의 환영처럼 느껴졌다. 여행자에게 신은 매일 다른 얼굴로 찾아온다더니, 그들은 오늘 내게 찾아온 신이었나. 가게 밖으로 나오니 더위가 식었는데도 정신이 아찔하다. 남자가 남긴 말이 자꾸만 머릿속을 붕붕 떠다닌다. 무엇을 선택하든 그게 최선이다. 무엇을 선택하든 그게 최선이다. 오늘 내가 신으로부터 받은 메시지는 앞으로 어떤 선택을 낳게 될까.

다른 건 모르겠고 오늘은 나도 내 얘기를 귀담아 들어줄 완전한 타인 하나 만났으면 좋겠다.

07

기차를 타러 갈래요?

© 박하

사랑하는 사람이 생기면

인도로 가서 기차를 타고 싶다.

각자의 전부가 담긴 배낭을 지고 정거장을 서성이고 싶다.

영원히 오지 않을 것 같지만 예상치 못한 순간에 기차는 올 것이다.

어느 틈엔 섞여 있을 우리의 나란한 자리를 찾고 싶다.
차창 옆자리는 당신에게 주고
당신이 더해진 차창 밖 풍경을 가슴에 새기고 싶다.

허기가 찾아오면 가난한 상인에게 도시락을 사고
웃음이 예쁜 아이에게 짜이를 사서는
더없이 풍족한 식사를 당신과 나누고 싶다.
덜컹이는 진동에 차를 흘리진 않을까,
걱정스러운 눈길로 당신의 손을 좇겠지만
내 손수건은 당신의 흔적이 더해지길 바랄 것이다.

가져온 책은 넣어 두고 당신의 이야기를 듣고 싶다.
당신이 지나온 시간들의 페이지를 넘기며
기억의 모서리를 접고 싶다.
읽다가, 읽다가 노곤한 졸음이 쏟아지면
당신 어깨에 기대 잠을 청하고 싶다.

그렇게 긴긴 시간을 함께 견디며
생의 많고 많은 정거장을 당신과 건너가고 싶다.

사랑하는 사람이 생기면
사랑한다는 말 대신,
기차를 타러 가자고 말하고 싶다.

08

프라하의 밤

우리는 형산강을 향해 걷고 있었다. 나는 엉킨 수풀 사이를 헤치며 길을 찾고, 너는 내 뒤를 따라 걸었다. 어둠 사이로 가로등 불빛을 받은 강줄기가 희끗하게 보였다. 우리는 강둑에 나란히 앉아 발장난을 쳤다. 교복치마와 실내화가 내려다보였다. 나는 문득 너에게 말했다. "외롭지 않아?" 너는 시큰둥한 목소리로 대답했다. "별로. 인간은 원래 혼자야."

*

휴대폰 벨소리에 잠에서 깼다. 사장님이었다. "연지야, 손님 한

분 갈 테니까 너가 체크인 좀 받아라." 나는 몽롱한 채로 일어나 시트를 새로 깔고 침구를 정리했다. 나의 첫사랑이었던 S가 프라하까지 쫓아올 줄은 몰랐다. 이곳에 온 후로 종종 걔가 꿈에 나온다. 아마 헤어진 후 가끔 훔쳐봤던 그 애의 프로필 사진에서 프라하의 풍경을 보았기 때문일 것이다. 처음 잡아본 이성의 손, 처음 해본 키스, 처음 받아본 이별통보 등 S가 내게 준 강렬한 기억들이 많은데 이상하게 꿈에서는 형산강에서의 그 싱거운 대화만 자꾸 되풀이된다. 인간은 원래 혼자라니. 어른 흉내 내고 있어 쪼매난 게.

현관벨이 울려 손님을 마중나갔다. 문을 열어주며 그의 얼굴을 봤을 때, 나는 한동안 입을 벌린 채 아무 말도 할 수 없었다. 꿈에서 본 얼굴과 똑 닮은 사람이 한 손으로 캐리어를 짚은 채 멀뚱멀뚱 내 눈을 쳐다보고 있었다. 까무잡잡한 피부와 날렵한 눈매, 그리고 살짝 붉은 눈가. S가 5년 정도 나이를 더 먹는다면 딱 저 얼굴이 되지 않을까. "어디 안 좋아요?" 심지어 낮고 조용한 음색이라니. 너무나 익숙한 그 목소리에 아직 꿈을 꾸고 있는 건가 싶었다. 나는 잠에서 깬 지 얼마 안 돼서 정신이 없다며 대충 얼버무리고 숙소를 안내해줬다.

그는 다른 숙박객들과 달랐다. 아침 일찍 일어나 단장을 하고 카메라를 챙기며 부지런을 떠는 대부분의 여행자들과 달리, 그는 오전 내내 잠만 잤다. 그의 방에 청소기를 돌리고 환기를 시키고 빠져나간 사람들의 자리를 정리하는 데도 그는 꿈쩍 안 했다. 그러다 점심을 넘겨서야 느적느적 일어나서는 지갑만 챙겨 들고 나가 밤늦게 들어오는 것이었다. 도대체 뭐 하는 인간인가 싶었지만 굳이 알고 싶진 않았다. 그의 얼굴을 보면 자꾸만 그 애 생각이 나서.

평소와 다름없이 아침 청소를 하고 있을 때, 웬일인지 그는 일찍 일어나 노트북을 두드리고 있었다. "잠시 청소 좀 할게요." 그는 고개만 끄덕이고 계속 노트북 화면을 주시했다. 최대한 그를 의식하지 않으려 노력하며 청소기를 돌렸다. 딸깍, 노트북을 덮는 소리가 났다.

"여기 사시는 분이에요?"

갑작스러운 질문에 조금 놀랐지만, 애써 태연하게 대화를 이어갔다.

"아뇨, 여행 중인데 잠깐 일하면서 경비를 모으고 있어요."

"잘 안 돌아다니시길래 여기 사시는 분인가 싶었어요."

"잘 안 나가는 건 그쪽도 마찬가지잖아요."

"오스트리아에서 너무 빡세게 돌아다녀서요. 프라하에선 좀 쉬려구요."

그의 이름은 J, 나보다 두 살 많은 대학생이었다. 금융 동아리에서 주식을 만지다 얼떨결에 큰 돈이 생겼는데, 갑자기 번 돈은 빨리

써 버려야 한다는 선배의 말을 듣고 유럽여행을 결심했단다. 아무런 계획 없이 티켓만 끊은 터라 자기도 프라하에 올 줄은 몰랐다고. 사흘을 머물면서 까를교만 몇 번 본 게 다라고 했다.

"그럼 오늘 저랑 프라하 성 보고 올래요?"

나도 모르게 이렇게 말해버렸다. 젠장, 이럴까 봐서 말 안 섞으려 했던 건데.

일을 끝내고 J와 집을 나서니 해가 차츰 저물고 있었다. 숙소 앞 광장에서는 버스킹이 한참이었다. 나이가 지긋한 노신사 분들이 연주하는 재즈를 듣고 비눗방울 공연을 봤다. J는 말이 없는 편이었지만 아름다운 것을 아름답다고 말하는 데에는 말을 아끼지 않았다. 보기보다 순수한 사람이구나 싶었다. 뜨르들로* 하나를 둘이서 맛있게 해치우고 상점들을 구경하다 까를교 앞에 섰을 때는 어느덧 매직아워였다. 이 시간의 빛은 사물들의 색깔을 한층 더 짙고 따스하게 만든다. 프라하의 주황빛깔 지붕들이, 금빛으로 반짝이는 블타바 강이, 그리고 J의 옆모습이 꽤 근사해보였다.

가벼운 대화를 주고받으며 프라하 성에 다다랐을 때, J의 존재는

* 굴뚝 모양의 체코 전통 빵

S와 완전히 분리되어 독립적인 인격체가 되었다. 왜 닮았다고 생각했는지 모르겠을 정도로. 오래 본 그의 얼굴은 확실히 S와는 달랐다. 그는 S보다 마르고, 눈꼬리가 살짝 내려갔고, 입술이 얇았다. 그리고 특유의 쓸쓸한 분위기가 J에게는 없었다.

프라하 성은 문을 닫았지만 성곽에서 내려다보이는 도시의 야경은 위험할 정도로 아름다웠다. 연인들의 도시라는 별명이 전혀 과장스럽지 않다고 생각했다. 나는 습관적으로 핸드폰을 꺼내 'The Whole Nine Yards'를 들으려 했다. 잔잔하게 시작되어 점점 벅차오르는 선율이 야경과 더없이 잘 어울릴 터였다. 그 노래를 J와 함께 들어야 할지 망설이다 양쪽 이어폰을 모두 그에게 넘겼다. 그는 나에게 한쪽을 도로 건넸지만 나는 손을 저었다. 이 노래는 꼭 주변 소음을 차단한 채로 오로지 풍경과 음악에 집중해야 한다고 핑계를 댔다. 사실은 두려운 것이었다. 야경과 음악이 주는 감상에 빠져 어떤 감정이 생겨버릴까 봐. 그는 내일 프라하를 떠난다고 했으니까.

성곽에서 내려오는 길, 어둠이 구석구석 내려앉은 골목에선 술에 취한 사람들이 큰 소리로 웃고 떠들었다. J는 잠시 기다려보라 하고는 어디선가 맥주 두 캔을 사들고 나왔다. 맥주를 홀짝이며 거리를 걸으니 나쁜 짓을 하는 어린아이가 된 듯 짜릿하게 즐거운 기분이

었다. 별거 아닌 농담에도 깔깔 웃으며 우리 또한 어지러운 밤거리의 풍경으로 스며들었다. J는 야경을 보기 좋은 장소를 안다며 내 손을 잡아끌었다.

그가 데려간 곳은 강 근처의 놀이터였다. 가로등 하나 없이 어둑한 그곳에서는 오로지 까를교만이 멀리서 노랗게 빛나고 있었다. 다리 아래로 흐르는 강물로는 유람선이 간간히 지나갔다. 어떻게 이런 곳을 알고 있냐 물으니 그는 어깨를 한 번 으쓱할 뿐이었다. 우리는 제일 구석에 자리한 벤치에 가 앉았다. J는 자연스럽게 등받이 위로 팔을 올려 내 어깨를 감쌌다. 숙소 통금 시간은 넘긴 지 오래였다.

J는 나에게 많은 질문을 했다. 프라하에 오기 전에 어디를 여행했는지, 어떤 것들을 느꼈는지, 왜 여행을 시작하게 되었는지… 나는 인도에서 만난 친구들에 대해, 아프리카에서 본 물소 떼에 대해, 그리고 그밖의 인상 깊었던 순간들에 대해 조잘조잘 떠들었다. 마음의 빗장은 취기에 풀어진 지 오래였다. 반면 J는 내가 묻는 것들에 모호한 답변들만 할 뿐이었다. 그에게 다가가면 갈수록 보이지 않는 굳건한 벽이 느껴지는 듯했다. 줄곧 까를교를 바라보던 J가 고개를 돌려 내 눈을 바라봤다.

"그렇게 오래 혼자 여행하면 외롭지 않아요?"

묘한 기시감이 들었다.

"외롭죠. 정들 만하면 헤어지니까… 가끔은 헤어지는 게 너무 힘들어서 여행을 시작한 게 후회될 때도 있었어요. 오빠는요? 유럽에선 특히 더 외롭지 않아요?"

"전혀요, 나는 이제껏 단 한번도 외로움을 느껴본 적이 없어요."

그러는 J의 눈은 정말 외로움이란 건 느껴본 적 없는 사람처럼 단단해 보였다. 그 눈을 바라보다 나는 왜 슬퍼졌을까. 외롭지 않다는 그의 말에 왜 나는 속절없이 외로워졌을까. 무표정한 그의 얼굴 위로 다시금 S가 겹쳐 보였다. 취기가 가셨다. 나는 그만 일어나자고 했다.

꿈 속의 그 아이가 인간은 원래 혼자라고 말하고 있었다.

J는 다음날 아침 일찍 숙소를 나섰다. 그를 배웅하며 나는 곧 파리에서 일할 테니 일정이 맞으면 보자고 했지만 사실은 그를 다시 만나지 않기를 바랐다. 그는 분명 내게 어떤 상처도 주지 않았는데 나는 알 수 없이 그가 밉고 아팠다.

그가 떠난 후로 나는 매일밤 까를교가 보이는 놀이터를 찾았다. J와 앉았던 벤치에서 S를 생각했다. '인간은 원래 혼자라면서 왜 나를 만난 거야. 그렇게 함께가 되고서는 왜 갑자기 나를 떠난 거야. 너는 왜 내 기억 속에 단단히 박혀서 비슷한 사람에게 끌리게 하고 비슷한 상처를 만들어내는 거야.' S가 다시 꿈에 나온다면 옷깃을 잡고 끈질기게 추궁하고 싶었다. 그러나 그 애는 더 이상 나를 찾아오지 않았다.

09

나를 꽃이라
부르던 사람

그에 대해 아는 것이라곤 이름과 국적밖에 없다. 하긴, 그 길에서는 발맞춰 걸을 다리와 지친 자를 일으켜줄 손, 서로를 부를 호칭 외의 것들은 중요치 않으니까. 잠깐의 눈맞춤만으로도 수백 개의 단어에 담길 위로와 응원을 쏟아낼 수 있는 곳이니까. 한 달여간 순례길을 걸어 마침내 최종 목적지인 산티아고에 도착했을 때, 온몸을 기대어 막고 있던 눈물의 수문을 부순 자가 다른 누구도 아닌 '코난'인 것도 이상한 일은 아니다.

정확한 발음으로는 케넌. 그를 처음 만난 곳은 주황빛 지붕들로 가득한 어느 마을에서다. 그날 내가 묵은 알베르게*엔 유난히 한국 사람이 많았고, 다들 밀가루 음식에 지쳐 있던 터라 갖가지 한국 음식들로 만찬을 벌이려던 참이었다. 막 식사가 차려졌을 때, 누군가 키가 크고 체격이 다부진 외국 사람을 데려와 자신의 친구라 소개했다. 하얗게 센 머리칼과 정리되지 않은 수염, 눈가에 깊게 패인 주름과 그 위에 위태롭게 얹힌 무테의 안경. 친구라고 칭하기엔 그가 지나온 세월이 머쓱하게 느껴졌다.

코난은 나의 옆자리에 앉았고 그 덕에 서로의 껍질 정도는 알게 되었다. 나는 한국에서 온 연지, 너는 독일에서 온 터키 사람 케넌. 어색함을 무마하려 여러 질문을 건네보았지만 그는 잘 알아듣지 못해 미안하다는 듯 사람 좋은 웃음만 지어보였다. 그는 매운 닭도리탕을 빠르게 해치우곤 자리를 떴다. 그것이 코난과의 처음이자 마지막 식사였다. 그 후로 우리는 길에서 종종 마주쳤는데, 유의미한 대화를 나누기엔 그의 보폭이 너무 컸다.

비가 오던 어느 날이었다. 코난은 막 알베르게에 도착한 나를 발견하곤 멀리서부터 내 이름을 부르며 달려왔다. 아니, 나를 보고는 다른 이름을 불렀다. 곤자! 어리둥절한 표정으로 그를 바라보니 그

* 순례자를 위한 숙소

는 핸드폰을 꺼내 웬 꽃 사진을 보여줬다. 연지 색의 붉은 꽃이었다. 이 꽃의 이름이 곤자니 날 곤자라고 부르겠다는 것이었다. 참 신기하지. 나의 오랜 별명, 곤지와 곤자는 발음이 닮을 수 있다만, 연지와 곤자는 겹치는 구석이라고는 지읒 발음 하나밖에 없는데. 그리고 연지와 곤지의 연관성은 한국인만 알 텐데. 의문투성이의 별명이지만 그래도 꽃이 아닌가. 나는 기쁜 마음으로 별명을 받아들였다.

그날 이후로 코난은 나를 볼 때마다 곤자! 하며 인사했다. 헬로, 올레, 부엔 까미노도 아닌 곤자. 귀한 꽃이라도 발견한 듯 달가운 목소리로. 그에게 내 이름은 다정한 인사말이었다. 바람이 세찬 날에도, 비가 쏟아지던 날에도, 첫눈이 내리던 날에도, 코난은 늘 알베르게에 먼저 도착해 곤자라고 부르며 나를 안아주었다. 그리곤 양손 엄지손가락을 치켜들고 말했다.

"유, 디드, 베리, 웰."

이상하게 그 한 마디면 하루의 피로가 싹 녹는 듯했다. 매일 걷는 평균 25킬로의 거리. 쓰러질 듯 힘들어도 여행을 하고 있음에 감사하라며 스스로를 다그쳤는데, 코난의 한 마디를 들으면 '그래, 오늘 하루도 수고 많았지' 하고 스스로를 다독일 수 있었다.

코난을 볼 수 없게 된 건, 그러니까 더 이상 그 말을 들을 수 없

게 된 건, 눈이 두텁게 쌓인 어느날 일행들과 택시를 타고 산을 내려가기로 결정한 탓이었다. 그와 나 사이에 하루만큼의 거리가 생긴 것이다. 코난이 한 번에 20여 킬로미터를 더 걷지 않는 이상 산티아고에 도착할 때까지 우리는 만날 수 없을 터였다. 그렇다고 그가 너무 그립다거나 한 건 아니다. 그가 보이지 않는다는 걸 눈치채는 데에도 며칠이 걸렸을 정도니까. 다만 제대로 인사를 하지 못하고 떠난 게 마음에 걸렸다. 코난에 대한 기억은 앞으로 걸어갈 거리보다 걸어온 거리가 많아지며 자연스레 잊혀졌다.

꼬박 서른다섯 날이 걸려 산티아고 성당 앞에 섰을 땐, 어떻게 설명할 수 없이 복잡한 심정이었다. 온갖 감정이 소용돌이치다 어느 한 점으로 빨려 들어가, 끝에는 한 문장만이 남았다. 이 길이 끝나긴 끝나는구나. 긴 꿈을 꾸다 깬 것 같았다. 당당한 포즈로 사진을 찍기도, 눈물을 훔치기도 하는 사람들 틈에서 나는 그저 멍한 눈으로 성당을 올려다볼 뿐이었다. 툭 치면 울음이 쏟아질 것 같기도 한데, 내 감정을 모른 채 눈물을 흘리고 싶지는 않아 꾸역꾸역 참았다. 문득 코난이 떠올랐다. 그는 내일쯤 도착하려나. 늘 그랬듯 수고했다고 안아주면 이토록 혼란스러운 감정이 다 여물 것 같은데. 그러던 참,

"곤자!"

코난이 멀리서 두 팔을 벌린 채로 걸어오고 있었다. 눈을 의심했

다. 내일쯤에야 겨우 도착할 사람이 왜 여기 있는 거야! 그의 등장은 의문투성이였지만 우선은 달려가서 안겼다. 가슴팍에 얼굴을 묻고 온 힘을 다해 꼬옥 끌어안았다. 퀴퀴한 할아버지 냄새가 났다. 코난은 부드럽고도 다부지게 내 어깨를 붙잡고 눈을 바라보며 말했다. 서툴지만 분명하게, 또박또박.

"곤자, 유, 디드, 베리, 웰"

그제야 눈물이 터졌다. 아예 엉엉 울어버렸다. 걷다가 주저앉고, 주저앉았다가 또다시 누군가의 손을 잡고 일어나던 모든 순간이 플래시 백처럼 머릿속을 스쳐 지나갔다. 나를 일으켜 세웠던 수많은 이름들이 떠오르며 이토록 아름다운 길을 내가 끝까지 걸었다는 사실에 가슴이 벅찼다.

"나 정말 잘 해냈어요. 당신같은 사람들 덕분에 해냈어요. 결국 여기까지 왔어요, 내가." 아이처럼 웅얼거리며 영어인지 한국어인지 분별 못할 말들을 쏟아냈다. 코난은 울음이 가라앉을 때까지 내 머리를 쓰다듬어주었다.

그 역시 하고 싶은 말이 얼마나 많았을까. 손녀뻘인 나를 품에 안으며 떠올렸을 문장들은 얼마나 다정한 언어일까. 그의 언어를 상상하면 아득하고 아득해져 그가 멀게 느껴지기도 하지만, 괜찮다. 진심은 언어의 한계에 부딪히지 않으니까. 진심은 문화와 종교, 언어가 쌓아올린 벽을 뚫고 단숨에 가슴으로 꽂히니까. 산티아고를 향해 걷는 날들 동안 코난은 몇 마디 말 없이도 내 곁에 성큼 다가와 있었다. 진심은 그런 것이다.

나는 토요 미사를 위해 산티아고에 며칠 더 머물렀지만 코난은 다시 볼 수 없었다. 그렇게 우리는 헤어졌다. 역시나 제대로 된 작별을 나누지 못한 채로. 그러나 언젠가 예상치 못한 시간, 예상치 못한 장소에서 그가 또다시 나타나 '곤자!' 하고 부르며 달려와 주기를 나는 기다린다.

10

안드레아

언젠가부터 혼자 길을 걸을 때면 끈질기게도 과거에 머물렀다. 처음엔 오르막길을 버티기 위해 시작한 일이 습관이 된 것이다. 하도 손이 타 너덜너덜해도 시간 보내기엔 그만한 것이 없어 다시 손을 뻗는 소설책과 같은 기억들이 있다. 이미 결말을 알지만 다시 읽어보면 뭔가 숨은 뜻이 있지 않을까 싶어 또 페이지를 넘긴다. 탁,탁, 땅을 짚는 스틱의 소리에 맞춰 기억은 흘러가고 처음과 같은 날선 아픔만을 남긴 채로 이야기는 끝이 난다. 다를 건 없다. 활자는 몇 백 년은 묵은 듯 그대로 박혀 있고, 시간만이 흐를 뿐이다. '그래도 잊진 않았어. 잊지 않는다면 바뀔 가능성은 있는 거야.' 이제는 멍청한 실수들을 그만 좀 반복하기를 바라며 다리를 바지런히 움직인다.

안드레아를 만난 아침도 그랬다. 비가 내렸고, 비슷한 분위기의 기억을 헤집는 사이 까미노길을 가리키는 노란색 화살표를 잃어버렸다. 버스정류장에서 지도를 보며 열심히 길을 찾던 때(사실은 지나가는 버스들을 보며 잡아 탈지 말지 고민하던 때), 누군가 뒤에서 저 앞에 있는 다리를 건너면 까미노길이 나온다 말했다. 회색 판초 사이로 빼꼼 내놓은 그녀의 눈은 쏟아지는 빗줄기들에도 빛을 잃지 않았다. 감사의 인사를 건네고 다시 길을 걸으려 할 참, 그녀는 우리 앞을 지나가는 순례자가 길을 아는 것 같다며 함께 따라가보자 했다.

욘지? 얀지? 어렵사리 내 이름을 발음하며 국적을 묻는 것으로 보아 분명 길을 걸은 지 얼마 안 됐을 거라 짐작했다. 그도 그럴 것이 이 길에서 만나는 동양인은 대부분 한국인이란 것을 며칠만 걸어보면 알 테니. 안드레아는 2주 동안 포르투갈 길을 걷다 전날 산티아고에 도착했고, 버스를 타고 폰페라다로 와서 프랑스 길을 걷고 있다고 했다. 비 오는 날의 감상 때문인지 우린 고작 몇 분을 나눈 만난 사이인데도 불구하고 짤막한 질문만으로 서로의 가장 안쪽에 묻어둔 이야기들을 꺼냈다.

그녀는 인간관계에서 균열을 겪었고(그것이 정확히 무엇을 뜻하는지는 모르겠으나 다툼도, 이별도, 절교도 아닌 균열이었다) 그 아픔을 다른 경험들로 대체하고 싶어 길을 걷는다 했다. 길을 걸으며 많은 사람을 만나고, 그들과의 기억으로 부정적인 기억을 대체하고 싶다며.

나는 말했다.

"그런데 안드레아, 나는 기억들이 대체되고 사라지는 게 싫어. 우리가 겪은 경험들을 기억하고 나름대로 교훈을 찾아야 앞으로 나아갈 수 있지 않을까? 그래서 난 혼자 걸을 때면 끊임없이 지난 실수들을 곱씹나 봐."

그녀는 단어를 고르는 듯 가만하더니 입을 열었다.

"굳이 네가 의미를 찾으려 하지 않아도 모든 경험은 그 자체로 충분한 거야. 경험들은 너를 투과하며 네 안에 무언가를 남길 거고, 스스로 성장하고 진화하며 앞으로의 삶에서 다른 모습으로 나타날 거야. 언젠가 결정적인 순간에 나타나 널 도울지도 몰라. 그러니 이제 그냥 다 보내버려."

안드레아는 한껏 치켜 올라간 눈썹을 꿈틀거리며 열정적으로 말했다. 기억에 관하여, 그것들이 대체되고 치유되는 과정에 대하여. 그녀는 연신 전 세계가 하나의 언어를 쓰면 좋을 텐데, 라며 더 정확한 단어들로 표현하지 못하는 자신을 아쉬워했지만, 눈을 보면, 그 반짝이는 눈을 보면 무슨 말을 하고 싶은지 다 알 것 같았다.

매일 다른 얼굴의 스승을 만나는 이 길에서 그녀는 나를 조금 더 오늘에 가깝게 이끌어주었다. 이제 더 이상 길을 걸으며 옛 기억을 곱씹지 않는다. 부끄러워하지도, 괴로워하지도 않는다. 안드레아의 말처럼 그 순간을 겪어내는 것만으로도 충분했다. 지나간 일은 지나간 대로 의미가 있는 거겠지. 어느 유명한 노랫말처럼 말이다. 충분히 힘들어했다면, 그 기억은 흙으로 곱게 덮고, 싹이 트고 꽃이 피고 열매가 떨어질 때까지 기다리면 된다.

11

빌라프란카

Villafranca. 순례길에서 지나간 많고 많은 마을들 중에 '빌라프란카'를 아직 기억하고 있는 건, 길의 끝에서 그 이름을 문신으로 새긴 한 사람 때문이다. 그곳에서의 기억은 아마 그의 몸이 늙어 바스라질 때까지 함께할 것이다. 나 또한 그 기억을 평생 간직하고 싶지만, 차마 몸에 새길 용기는 없으니 잊어버리기 전에 여기에 조금 풀어놓겠다.

*

길을 걸은 지 스물 하고도 한 밤이 지난 날, 추적추적 내리던 비가 그치며 '빌라프란카'에 들어섰다. 안개 낀 산골짜기 틈새로 색이 바랜 지붕들이 보였다. 날씨 탓일까, 어쩐지 산뜻한 느낌이 드는 이름과는 달리 마을은 으스스한 분위기를 풍겼다. 마을에 하나뿐인 공립 알베르게는 문을 닫았다. 벌써 비수기구나. 길을 걷기 시작할 때는 푹 익은 가을이었는데, 이제는 초겨울을 앞두고 있다. 마을 주민들에게 묻고 물어 그곳에서 유일하게 운영 중이라는 알베르게를 찾아냈다. 간판조차 제대로 달리지 않은 허름한 목조 건물은 숙소보다는 농장에 가까워 보였다.

비를 맞아 무거운 몸을 이끌고 알베르게에 들어서니 유난히 복슬거리는 수염을 가진 남자가 반겨주었다. "부엔 까미노!" 덩치만큼이나 우렁찬 목소리였다. 그의 이름은 호세. 이곳에서 자원봉사자로 일하고 있다고 자신을 소개했다. 호세는 내 배낭을 받아주며 난로 앞으로 앉혔다. 그곳에선 먼저 도착한 순례자들이 옹기종기 앉아 밤을 까고 있었다. 본 적 없는 얼굴들이었지만 같은 목적지를 향해 걸으며 비슷한 일상을 공유하는 사람들과는 어떤 말로든 분위기가 훈훈하게 데워지기 마련이다. 몇 마디 얘기를 주고받다 보니 나도 모르는 새에 내 손은 밤을 까고 있었다. 호세의 우렁찬 인사가 몇 번 더 들렸고, 밤을 까는 순례자들은 거진 스무 명 가까이로 늘었다. 영국에서 왔다는 앨런은 "내가 왜 이 노동을 하고 있는지 모르겠네

요!"라고 투덜거리면서도 즐거운 표정을 감추지 못했다. 밤이 한 바구니 가득 쌓였을 때, 호세는 곧 '커뮤니티 디너'가 있을 테니 얼른 씻고 나오라고 했다.

산에는 해가 서둘러 들어가 금방 어둠이 깔렸다. 밤을 까던 로비는 세 개의 기다란 테이블이 놓인 식당으로 바뀌어 있었다. 호세가 숟가락과 접시들을 순례자들에게 쥐어줬다. 우리는 익숙하게 숟가락과 접시들을 테이블에 얹은 다음, 의자를 정리하고 음식을 날랐다. 삼삼오오 자리를 잡는 순례자들을 호세는 마치 레크레이션 강사처럼 지휘했다.

"아르헨티나! 저쪽으로 가서 앉아요. 브라질! 아르헨티나로부터 제일 먼 자리에 앉고요. 음… 당신들은 한국 사람들이죠? 다 떨어져서 앉으세요. 푸에르토 리코! 가족에게도 예외는 없어요. 미안하지만 빨리 흩어지세요. 프랑스! 퀘벡! 터키!…."

그는 조금이라도 서로 안면식이 있다고 생각되는 사람들을 최대한 멀리 떨어뜨려 앉혔다. 그 덕에 온갖 나라에서 온 사람들이 뒤섞여 앉게 되었다. 내 왼편에는 함께 밤을 까던 앨런이 앉았고, 맞은편에는 푸에르토 리코에서 온 브라운이 앉았다.

브라운의 가족은 길을 걷다가 몇 번 마주친 적 있다. 그는 언제나 아내와 딸과 함께였다. 그들에게 먼저 "부엔 까미노!"라고 인사를 건네면, 셋이 동시에 손을 번쩍 들며 한 목소리로 "부엔 까미노!"라고 인사를 해주었다. 그 모습이 보기 좋아 나는 멀리서도 그들이 보이면 재빨리 걸어가 아는 척을 하곤 했는데, 걷는 속도가 맞지 않아 오래 얘기를 나누기 힘들었다.

"호세 덕분에 이렇게 또 만났네요, 브라운. 그런데 푸에르토 리코는 어디에 있는 나라예요?"

"푸에르토 리코는 미국 아래에 붙어있는 조그마한 섬나라예요. 현재는 미국령이지만 독립적인 민족이죠. 지금 우리의 지도자가 독립운동을 하다 잡혀 감옥에 갇혀 있어요. 우리 가족은 그의 이름으로 이 길을 걷고 있는 거예요. 매일 아침 우리는 그가 정당한 재판을 받기를, 우리나라가 하루빨리 독립할 수 있기를 기도해요. 한국도 일본의 식민지였던 적이 있죠?"

브라운은 일본 식민지 시절부터 6·25전쟁까지 우리나라 근현대사를 줄줄 읊었다. 지구 반대편의 조그마한 나라의 역사를 그렇게나 자세히 알고 있다니! 그는 역사를 좋아하기도 하지만 특히 나라를 빼앗겼던 국가들에 관심이 간다고 했다. 아픈 역사를 딛고 일어나 성장한 나라들을 보며 자신도 희망을 느낀다고. 그의 마음을 조금은 알 것도 같았다. 나 또한 팔레스타인이나 티베트 같은 분쟁국가들에 마음이 쓰이니까. 내일부턴 나도 길을 걸으며 푸에르토 리코를 위해 기도하겠다 하니, 그는 환히 웃으며 자기네 나라를 여행하게 된다면 꼭 연락하라고 말했다.

식사가 끝날 때 즈음 호세는 박수를 짝짝 치며 시선을 집중시켰다.

"식사는 맛있게 하셨나요 여러분? 이제부터 아주 특별한 밤이 시작될 겁니다. 재미있는 놀이를 하나 제안하죠. 제가 이 공을 던질 거예요. 공을 받는 사람은 왜 매일같이 이 지독하게 힘든 길을 걷고 있는지 말하는 겁니다. 다들 준비 됐나요?"

말이 끝나기 무섭게 호세는 오른쪽 구석을 향해 공을 던졌다. 나이가 지긋한 할아버지 한 분이 공을 받았다. 그는 내가 '티처 미셸'이라고 부르는 프랑스 사람이었다. 미셸은 난처한 기색을 보이며 불어밖에 할 줄 몰라 미안하다고 했다. 그때 한 청년이 자리에서 일어났다. 퀘벡에서 자랐다는 그는 미셸의 통역을 자청했다. 미셸은 그를 향해 윙크를 하고선 불어로 이야기를 시작했다.

"저는 프랑스의 소도시에서 초등학교 교사로 일했어요. 그동안 여행을 떠난 적도 없이 한평생 아이들만 가르치다 보니 순식간에 노인이 되었죠. 은퇴를 하고 힘든 시간을 보냈어요. 일을 그만두니 제가 더 이상 쓸모 없게 느껴졌거든요. 그러던 참에 동료 교사로부터 순례길 이야기를 들었어요. 그곳에서 만난 아름다운 풍경, 그리고 풍경만큼 아름다운 사람들에 대해서였죠. 그의 말을 듣고 결심했어요. 치열하게 살아온 제 인생에게 선물을 주기로."

미셸이 말을 맺자 어떤 이는 휘파람을 불었고, 어떤 이는 브라보를 외쳤다. 그리고 모두가 손뼉을 치며 각자의 언어로 응원의 말을 전했다. 미셸이 받은 공은 브라질에서 온 마리아에게로 이어졌다.

"20년 전에 처음으로 이 길을 걸었을 때, 인생에서 소중한 사람을 만날 때마다 이 길을 함께 걷기로 다짐했어요. 15년 전엔 남편과 함께 걸었고, 지금은 딸과 걷고 있어요. 언젠가 손자가 태어난다면 그 또한 이 길로 데려올 생각이에요."

공은 마리아에게서 앨런에게로, 앨런에게서 또 다른 순례자들에게로 이어졌다. 어느 하나 특별하지 않은 사연이 없었다. 공은 내게 오지 않았지만 만약 그 순간 내게도 발언의 기회가 주어졌다면 나는 아마 우물쭈물거리다 당신들의 이야기를 듣기 위해 이 길을 걷는다고 말했을 것이다. 그 당시 나는 길을 걸으면서도 왜 걷고 있는지에 대한 답을 찾지 못한 상태였기에. 공은 돌고 돌아 호세에게 날아왔다. 누군가 소리쳤다. "호세! 당신은 왜 이 길에 머물고 있나요?" 호세는 공을 잡고 잠깐 뜸을 들이더니 입을 열었다.

"저는 10년 전 교통사고로 아버지와 아들을 동시에 잃었어요."

왁자지껄한 분위기가 순식간에 가라앉았다.

"반쯤 미친 사람처럼 살았어요. 직장을 그만두고 술과 마약에 쩔어 있었죠. 잠들기 전 매일 신에게 기도했어요. 제발 내게서 이 끔찍한 삶을 거두어 달라고. 그는 응답하지 않았어요. 안타깝게도 저는 지금까지 살아 있으니까요. 대신 그는 제가 보던 텔레비전으로 순례길에 관한 다큐를 보내주더군요. 그때 제가 무슨 힘으로 비행기 티켓을 끊고 배낭을 꾸렸는지 모르겠어요. 아마 신의 손길이었겠죠. 아무튼 저는 그렇게 처음 순례길을 걷게 되었어요. 그곳에는 저처럼 사랑하는 사람을 잃은 사람이 많았죠. 그들을 붙잡고 하소연을 하기도 하고, 걷다가 주저앉아 울기도 하며 계속해서 걸었어요. 마침내 산티아고에 도착했을 때, 슬픔이 완전히 사라지는 기적은 일어나지 않았어요. 그러나 아버지와 아들을 잃고 멈춰버린 시간이 아주 조금씩 흘러가고 있음을 느꼈어요. 그 후로 저는 살면서 아버지와 아들이 생각날 때마다 이 길을 걸었어요. 지금이 벌써 네 번째네요. 이제 저는 신의 구원을 바라지 않아요. 대신 이곳에서 비슷한 아픔을 가진 사람들을 만나고, 얘기를 나누며 제 자신을 조금씩 치유하고 있어요. 여러분 옆에 있는 사람의 얼굴을 보세요. 그 얼굴이 당신을 구원해줄 겁니다."

한동안 침묵이 흘렀다. 사람들은 힐끔힐끔 주변을 돌아보며 눈빛을 주고받았다. 나는 브라운과 눈이 마주쳤다. 그는 알듯 말듯 한 미소를 지었다.

숙연해진 분위기는 어디선가 알베르게의 주인이 나타나 칵테일 쇼를 벌이며 다시금 달아올랐다. 술에 불을 붙이고 잔을 휘두르며 기도문을 읊는 그는 종교의식을 행하는 사제 같았다. 우리는 그의 손짓에 따라 일어나 다 같이 손을 잡고 기도문을 제창했다. "우리 모두를 이 자리로 부르신 신께 감사드립니다." "감사드립니다." "우리 모두가 무사히 산티아고에 도착할 수 있도록 돌보아주소서." "돌보아주소서." 주인의 표정은 엄숙했지만 우리는 터져 나오는 웃음을 참느라 힘들었다. 그날 밤 우리는 그가 만든 술을 돌려 마시며, 어느 곳에서도 풀어두지 못한 이야기를 나누며, 다음날 걱정은 접어둔 채로 밤을 지새웠다.

침실로 들어가는 길, 마당의 작은 테이블에서 두 사람의 실루엣을 보았다. 하얗게 샌 두 개의 머리가 달빛을 받아 은은하게 빛나고 있었다. 티처 미셸과 마지막으로 알베르게에 도착한 코난이었다. 가까이서 보니 그들은 종이에 무언가를 열심히 쓰고 있었다. 언어가 통하지 않아 그림으로 그려가며 대화를 하고 있는 것이었다. 나는 잠시 앉을까 싶다가 잘 자라는 인사만 하고 돌아섰다. 구름 걷힌 하늘 사이로 은하수가 산티아고 방향으로 흐르고 있었다.

12

어깨

언젠가부터
사람의 어깨를 바라보는 일이 잦습니다.

글을 쓰는 사람의 오른쪽 어깨에서
요리를 하는 사람의 뒷목께에서
세월이 굳은 표정을 읽다 보면

어느새 한쪽 손이 올라가 있습니다.

가장 여린 것은 대개 가장 단단한 곳에 숨으니
마음은 그 언저리에 있을 테지요.

어깨가 한 뼘인 까닭은 어쩌면
한 뼘의 손길이 필요해서인지도 모르겠습니다.

그러던 언젠가부터
마음의 어깨를 바라보는 일이 잦습니다.

손을 올릴 곳보다는
머리를 기댈 곳을 찾는 일입니다.

마음의 어깨가 넓은 사람과
나란히 앉아 밤공기를 마시다 보면
하루만큼 무거운 고개가 옆 어깨로 쏟아집니다.

지쳐 앉을 때나
서서 견딜 때나
어깨를 비우고 살기엔 헛헛한 세상이지요.

오늘 당신의 어깨엔
몇 사람의 손길이 머물다 갔습니까
몇 사람의 고개가 기대다 갔습니까
어떻게 잘, 살아가고 있습니까?

13

다시 못 볼 한 사람

인도에서 지어서 중동과 아프리카를 거쳐 순례길까지 함께 걸은 집이 있다. 요르단에서는 모스크로, 아프리카에선 서커스 텐트로 오해받았는데, 이것은 사실 '게르'다. 유목민이 사는 이동식 집. 왼쪽 발목 아래에 있는 그 집은 걸음의 무게를 견디지 못했는지 이제는 바닥이 살짝 닳아 있다.

숨기지는 않았으나 굳이 드러내지도 않았다. 의도치 않게 타투를 본 사람들은 마치 커밍아웃을 들은 마냥 화들짝 놀란다. 나와는 어울리지 않는다고. 정작 스스로는 왼쪽 허리에 있는 점만큼이나 대수롭지 않게 여기는데 말이다. 아무래도 타투는 그 영원성 때문에 쉬이 여겨지지는 않나 보다.

사람마다 다르겠지만, 대개 몸에 타투가 있다는 것은 두 가지로 해석된다. 영원히 간직하고 싶은 마음이 있거나, 혹은 영원이란 것에 별다른 의의를 두지 않거나. 나 같은 경우 둘 다 해당된다. 영원에 대하여 심각하게 생각하지 않기에, 그 순간 간직하고픈 마음이 영원하기를 바라며 새겼다. 발을 씻다가, 양말을 신다가, 일상의 틈바구니에서 불쑥불쑥 게르를 마주하며 어떤 마음을 잃지 않기를 바라며.

이야기는 2년 전 몽골로 거슬러 올라가, 고비사막을 달리던 지프차가 갑자기 내려앉은 것부터 시작된다. 보이는 것이라곤 지평선밖에 없는 허허벌판에서 말이다. 몽골인 운전기사 '빠기'는 트렁크를 열어 이곳저곳을 들쑤셔보았지만 차는 꿈쩍도 하지 않았다. 그는 어딘가로 전화를 걸더니 우리에게 잠시 기다리라 하곤 지평선을 향해 내달렸다. 그가 떠나자 먹구름이 스멀스멀 몰려오고 빗방울이 하나 둘 떨어지기 시작했다. 모험 중이 아닌 여행 중이었던 우리에게 사막의 비는 전혀 달갑지 않았다. 한기가 스멀스멀 올라오고, 혹시 이대로 버려지는 것은 아닐까 하는 불안감이 엄습할 때쯤, 지평선 쪽에서 빠기의 실루엣이 보였다. 양손에 커다란 양동이를 쥔 채 환히 웃으며

걸어오고 있었다. 빠기는 근처에 사는 유목민들로부터 기름을 얻어 왔는데, 그들이 우리를 집으로 초대했으니 같이 가보자고 했다.

지프차를 타고 10분쯤 달린 그곳에는 게르가 있었다. 황량한 벌판에 덩그러니 놓인 집 한 채. 그 풍경은 이국적이라기보단 이세계적이어서, 백 년 전에도, 천 년 전에도 게르는 그 자리를 지켰을 것 같은 느낌이었다. 부스러질 듯한 나무 문을 밀고 들어가자, 볼이 빨간 가족이 우리를 반겨주었다. 엄마와 아빠, 우리나라로 치면 초등학생 정도로 보이는 아들 둘, 그리고 갓 걸음마를 뗀 딸 하나. 빠기가 어머니께 바람소리가 나는 몽골어로 무어라 얘기하자, 그녀는 미소로 답하고는 부엌(으로 보이는 한쪽 구석)으로 가 차를 내어주었다.

차를 마시며 둘러본 게르의 내부는 조촐하면서도 정갈했다. 침실(로 보이는 한쪽 구석)에는 가족 수만큼의 담요가 개어져 있고, 부엌(으로 보이는 한쪽 구석)에는 가스버너와 식기들이 옹골차게 쌓여 있었다. 가족을 둘러싼 모든 생이 그 게르 안에서 움트고 익었을 터였다. 게르 안에 있으니, 사는 데엔 그다지 많은 것들이 필요하지 않을 것 같다는 생각이 들었다.

차가 식을 때즈음 빗방울이 하나둘 떨어지기 시작했다. 어머니는 문 밖을 내다보고는 가스버너를 꺼내 물을 끓였다. 아버지는 고깃덩이들을 가져와 하나씩 손질했다. 여행자들이 아이들과 종이 비행기를 날리며 시간을 보내는 사이 김이 폴폴 나는 한 상차림이 완성되었다. 그들은 저녁을 먹고 비가 그칠 때까지 쉬다 가라며 이부자리를 펴주었다. 우리는 서둘러 다음 목적지까지 이동해야 했기에 식사가 끝나자마자 자리를 떴지만, 그들이 전해준 온기는 며칠 동안 마음에 머물렀다.

유목민들이 베풀어준 친절은 이뿐만이 아니다. 일행들과 모래언덕을 오르다 갑작스럽게 불어온 모래폭풍에 조난당했을 때 온 사막을 뒤져 우리를 찾아낸 것도, 바람 소리가 매서워 잠 못 들고 떨고 있을 때 함께 밤을 보내자며 손을 내민 것도 그들이었다. 부르튼 손을 꼭 잡아주던 그 까슬까슬한 촉감을 잊지 못한다. 말은 통하지 않았지만 그들이 밤새 불러준 몽골 노래는 '이제 다 끝났어. 너희는 안전해'라고 달래주는 것만 같았다. 보드카 몇 잔을 주고받고, 몽골 노래와 한국 노래가 번갈아 오가는 사이 바람 소리는 잦아들었다. 가장 두려웠던 그날 밤은 도리어 가장 즐거웠던 날로 기억에 남아있다.

울란바토르로 돌아오는 길, 나는 빠기에게 물었다.

"왜 유목민들은 언제나 친절을 베푸는 걸까요? 우리는 한 번 보고 말 사람들인데.”

“유목민들은 사람을 만날 기회가 적어요. 그래서 만나는 모든 이들을 다시는 못 볼 사람이라 생각하고 베풀 수 있는 모든 마음을 베풀어요. 며칠 굶은 부랑자를 보면 양 한 마리를 그냥 잡아주기도 해요.”

한 번 보고 말 사람과, 다신 못 볼 한 사람. 만남의 일회성을 일컫는 말의 온도 차가 이토록 크다. 그들이 말하는 ‘다시는 못 볼 사람’에는 사람을 귀하게 여기는 마음이 깃들어 있다. 다시 없을 한 사람, 지금 내 앞의 한 사람.

몸이 힘들 때, 혹은 몸은 괜찮은데 마음이 힘들 때, 그래서 사람이 귀찮아질 때, 내 발에 살고 있는 유목민은 이렇게 속삭인다. 오늘 나누어야 할 다정을 내일로 미루지 말라고. 어쩌면 다음은 없을지도 모른다고.

14

힘 빼기,
그리고 비워내기

부표에 두 손을 올린 채 바다에 얼굴을 묻었다. 순식간에 모든 소음이 지워지고 오로지 내 숨소리밖에 들리지 않는다. 다리에 힘을 빼 수면에 몸을 띄운다. 바닷속 깊숙이 드리워진 밧줄 끝에 조그만 공 하나가 보인다. 너무나 까마득해서 뿌옇게 번져 보이는 그곳이 내가 닿아야 할 곳이다. 그 옆을 한 무리의 물고기떼가 여유롭게 지나간다. 눈을 감는다. 숨을 크게 들이쉬고 천천히 내뱉는다. 한 번, 두 번, 세 번 반복한다. 마지막으로 숨을 크게 들이쉬고 상체를 힘차게 꺾어 물속으로 파고든다. 밧줄과 멀어지지 않도록 자세를 바로잡으며 서서히 발을 구른다. 아래로, 아래로, 내려간다.

*

이집트 동쪽 끝에 달린 자그마한 바닷가 마을, 다합. 세 대륙과 바다를 끼고 있는 지리적 특성상 언제나 장기 여행자들로 북적인다. 유럽에서 온 사람들이 늘어지는 곳이자 아프리카로 갈 사람들이 재정비하는 곳이며, 그러다 몇몇은 몇몇에게 영업당해 인도로 가기도 하는 곳. 온 곳도 향할 곳도 다른 울퉁불퉁한 사람들이 여행이라는 풍화작용을 거쳐 다듬어진 꼴은 어딘가 닮아 있다. 불행을 피하는 방식이 아닌 행복을 좇는 방식으로 살아가는 사람들은 비슷한 모양새로 반짝인다. 홍해 바다는 순한 개처럼 그 모든 반짝임들을 차별 없이 맞아주었다.

여행자들은 저마다의 방식으로 바다에 세 들어 살았다. 어떤 이들은 스쿠버 다이빙으로, 어떤 이들은 스노쿨링으로. 각자의 주머니 사정과 취향에 맞게 바다의 아랫동네와 윗동네를 차지했다. 나는 가진 게 별로 없어 윗동네를 전전했는데 속으로는 늘 아랫동네를 동경했다. 숨을 크게 들이쉬고 바다 깊은 곳까지 박차고 들어가면 잠시나마 물고기 떼와 함께 색색깔의 산호초를 만날 수 있지만 그건 잠시뿐. 숨이 턱 끝까지 차올라 오래 머무르지 못한다. 발을 동동 굴려 물 밖으로 머리를 내빼고 숨을 몰아쉴 때면 조금 서러운 기분이었다. 저 아래 다이버들처럼 물속에서 마음껏 숨 쉴 수 있으면 얼마나 좋을까.

이따금씩 상상했다. 영화 〈셰이프 오브 워터〉의 주인공처럼 목에 아가미가 돋는 모습을. 여유롭게 물살을 가르며 내 몸이 온전히 내 것으로 느껴지는 촉감을.

매번 부메랑마냥 물 위로 끌려 올라오는 게 지겨워질 때쯤 프리다이빙을 알게 되었다. 그걸 배우면 물속 20미터까지는 거뜬히 들어갈 수 있다는 것이었다. 수강료도 스쿠버다이빙만큼 비싸지 않았고 무엇보다 배우기만 하면 장비 없이도 물속에서 자유로울 수 있는 점이 매력적이었다. 마침 숙소에 나처럼 매일 물장구만 치는 자가 있어 그와 함께 프리다이빙 교습소를 찾아갔다.

그곳에서 접한 프리다이빙은 내 상상과는 사뭇 다른 것이었다. 프리다이버는 바닷속을 우아하게 유영하는 인어공주가 아니라 자신의 한계를 시험하며 끊임없이 기록을 세워야 하는 쇼트트랙 선수에 가까워 보였다. 정신과 자세를 가다듬어 인간이 닿을 수 없는 곳까지 닿으려 하는 익스트림 스포츠. '익스트림'이라는 단어가 주는 짜릿함에 끌렸던가. 간단한 상담 후 우리는 15미터까지 들어갈 수 있는 1단계 자격증에 도전하기로 했다.

수업은 사흘 동안 차근차근 진행되었다. 우선은 이론수업. 숨을 오래 참기 위해서는 심박수를 낮춰야 한다. 또한 깊이 내려갈수록 기압이 높아져 귓속의 기압을 함께 높여줘야 한다. 이를 위해 심박수를 낮추는 호흡법과 코를 이용해 기압을 맞추는 요령을 배웠다. 마치 물속에서 새로 태어날 준비를 하는 것 같았다. 둘째 날부터는 본격적으로 바다에 들어갔다. 코치님을 따라 부표를 잡고 점점 더 깊은 곳으로 헤엄쳐 갔다. 바다의 빛깔이 연한 에메랄드 빛에서 짙푸른 청색으로 바뀌며 팔뚝에 소름이 오소소 돋았다. 코치님이 부표에서 밧줄을 꺼내 공을 매단 후 바다 아래로 던졌다. 공이 매달린 곳이 10미터 지점이라 했다. 우리에게 주어진 과제는 저 공까지 헤엄쳐서 내려갔다가 공을 터치하고 다시 올라오는 것.

스노쿨러를 물고 부표에 두 손을 올린 채 몸에 힘을 빼냈다. 몸이 두둥실 떠올라 바다와 평형을 이루었다. 자 이제 배운 대로 호흡하면 된다. 숨을 크게 들이쉬고 최대한 천천히 내뱉기. 아무 생각도 하지 않기, 아무 생각도… 그런데 어째 생각을 하지 않으려 하면 할수록 자꾸만 별별 걱정들이 머리를 어지럽혔다. 내려가다 숨이 모자라면 어떡하지, 그러다 물을 먹으면 얼마나 괴로울까, 혹시나 사고를 당하면 보험처리는 되려나… 선뜻 내려갈 수가 없었다. 하지만 더 이상 코치님과 버디를 기다리게 할 수 없기에 숨을 확 물고 내려갔다. 일단은 밧줄에 몸을 밀착하고 잘 내려가는 듯 싶었다. 그러나 중간도 못 가 숨이 차 다시 올라오고 말았다. 이제 버디의 차례. 그는 몇 번 호흡하지도 않고 쑥 내려가더니 공이 있는 곳까지 부드럽게 미끄러져 들어갔다. 뭐가 저렇게 쉽지?

그날 나는 몇 번의 시도 끝에 공이 있는 곳에 닿기는 했으나 여전히 찜찜한 기분이었다. 물이 주는 감각을 즐기지 못하고 그저 오늘의 목표에 닿기 위해 버텨낸 것에 불과했기 때문이다. 버디에게 느끼는 경쟁심리 또한 무시할 수 없다. 지기 싫어서 바둥거리는 꼴은 너무나 익숙한 내 모습이라 참기 힘들었다. 프리다이빙에서 필요한 정신력은 육체의 고통을 이겨내는 능력이 아니라 마음의 소란을 잠재우는 능력인데. 좋은 기록을 세우기 위해 신체보다 정신을 단련해야 한다니, 쇼트트랙이라 생각했던 프리다이빙은 알고 보니 요가에 가까웠다.

마지막 수업에서 우리는 욕심을 내 20미터까지 가보기로 했다. 그날따라 유난히 날씨가 맑고 바다가 잠잠했다. 바다 한가운데서 올려다본 하늘은 눈이 시리도록 푸르러서 그 순간만큼은 바다가 아니라 하늘에 안겨 있는 기분이었다. 자연은 나를 해하지 않는다. 두려움은 내가 만들어내는 것이다. 계속해서 마음을 가다듬으며 수평선 쪽으로 헤엄쳐갔다. 바닷물이 조금 차갑게 느껴지는 곳에서 코치님

1999 1.14

은 멈췄다.

"10미터는 이미 달성했으니 자격증은 신경 쓰지 마요. 마음 편하게 가져요. 이건 그냥 자신을 위한 거예요. 20미터까지 내려가면요, 정말 끝내주는 광경을 볼 수 있어요. 내가 함께 가줄 테니 걱정 말고 내려가요."

할 수 있어요, 해낼 거예요, 라는 말보다 더 힘이 되는 말이었다. 이 게임에서는 안정이 곧 힘이다. 심호흡을 하고 준비자세를 잡았다. 눈을 감고 드넓은 들판을 그려보았다. 나는 그 위를 새가 되어 나는 것이다. 들판의 끝에 나무 한 그루가 보인다. 나는 그저 바람을 타고 훨훨 날아 그곳에 닿으면 된다.

얼마나 내려갔을까. 더는 밧줄이 보이지 않았다. 다시 올라가기 위해 수직으로 몸을 세웠다. 그 순간 커다란 물고기와 눈이 맞았다. 그는 거대한 몸집을 아주 우아하게, 슬로모션처럼 움직였다. 꿈꾸듯 몽롱한 기분이었다. 그 모습을 넋을 놓고 바라보고 있는데 코치님이 손가락으로 하늘 쪽을 가리켰다. 올려다본 그곳에선 믿을 수 없이 환홀한 광경이 펼쳐졌다. 수 천 개로 부서진 태양의 파편들이 찬란하게 반짝이고 있었다. 나는 이상하게 숨이 차지 않았다.

다합을 떠난 뒤에도 그 반짝임은 내 안에 오랫동안 머물렀다. 특히 몸과 마음이 아파 아우성치는 순간에서 더욱 빛을 발했다. 산티아고 순례길을 걷다가 추위에 몸이 얼 것 같을 때, 사하라 사막의 모래 언덕을 오르다 가슴이 터질 것 같을 때, 무의식은 나를 물속으로 데려갔다. 일상의 날들에서도 마찬가지. 수십 잔의 칵테일을 만들어낸 후 정신히 혼미할 때, 그러다 집으로 돌아와 취업사이트를 들락날락할 때, 걷잡을 수 없이 불안하고 막막할 때… 그때마다 그날의 풍경을 떠올리면 스스로에게 이렇게 말할 수 있다. 몸에 힘을 빼고 머리를 비워내자. 마음을 가벼이 한 채 미끄러지듯 한 점에서 다른 점으로 이어지기만 하면, 언젠가는 꿈꾸던 순간을 맞이할 것이다. 그 순간은 그날의 바다만큼이나 찬란할 것이다.

15

바다와 모닥불

노을이 내려간 바다를 보고 당신은
타고 남은 모닥불 같다 말했다.

그 이후로 나는
꺼져가는 모닥불을 볼 때마다
그날의 바다를 떠올린다.

낮게 나는 독수리
길어진 그림자
뭍으로 등을 돌린 사람들

차분히 식어가는 것들 사이에
한사코 타오르지 못하던 우리가 있었다.

16

먼지가 쌓이는 일

먼지 한 톨이 내려앉는 일은 어떤 사건도 만들어내지 못한다. 좀처럼 눈에 띄지 않기 때문이다. 눈을 가늘게 뜨고 지켜보아야 먼지 한 톨이 볕 속을 부유하다 착지하는 장면을 겨우 붙들 수 있다.

알게 모르게 먼지는 쌓여간다. 시선이 닿지 못하는 곳이라면 더욱 더 빨리. 그것들이 어디서부터 어떻게 오는지는 모른다. 아무것도 없는 곳에선 어떤 것도 나올 수 없을 테니 어쨌든 세상의 수많은 상호작용들 중 하나일 테지만 참으로 미미한 존재감이다. 먼지들이 쌓이고 덩어리져 마침내 퀴퀴한 색감과 형체로 눈에 들어올 때, 비로소 사건은 만들어진다. 마른 행주에 물을 적시는 일. 닦아내기엔 너무 이를까, 하며 행주를 집어 들지만 늘 생각보다 두껍게 쌓인 먼지에 흠칫 놀라곤 한다.

그러니까, 그 일이 발생하기까지 꽤 많은 시간들이 쌓여야 했다.

*

색이 짙은 강이 가로지르는 마을이었다. 무엇이든 쓰지 않으면 가라앉아버리는 여자는 그날도 새벽부터 펜과 수첩을 들고 강가를 걸었다. 그녀의 발걸음이 멎은 곳엔 새끼들에게 젖을 물린 어미개가 있었다. 여자는 개를 바라보다가 오래도록 쓰지 못했던 시 한 편을 썼고, 마침표와 함께 마을을 떠났다. 낑낑거리며 젖을 빨던 새끼 개들이 무럭무럭 자라 온 마을을 뛰어다닐 때쯤엔 남자가 그 마을에 있었다. 주인 없는 개들을 보면 그냥 지나치지 못하는 남자는 강가의 새끼 개들과 자주 시간을 보냈다. 마을을 떠나기 전 개들을 오래 바라보던 남자는 카메라를 들어 셔터를 눌렀다.

얼마간의 시간차로 그곳에서 스치지 못했던 여자와 남자는 좀 더 높고 건조한 마을에서 만났다. 둘은 그곳에서 웃음이 많은 사람들과 함께 지냈는데, 남자는 그곳 사람들처럼 마음의 색온도가 높은 편은 아니었다. 여자는 남자의 눈빛이 유독 시리게 느껴졌다. 하지만 그가 만든 담백한 맛의 음식들과 어떤 보정도 들어가지 않은 그의 사진들이 꽤 괜찮다 생각했다. 음식도 사진도 결국엔 타인이 필요한 거

니까. 몇 발자국 물러서서 사람을 살피는 게 그의 성격과 닮았다 생각했다. 외에도 거리의 개들을 향해 손을 뻗는 모습이라든가, 아이들을 향해 셔터를 누르는 모습이 '꽤 괜찮다'를 넘어 '좋다'고 느껴졌을 때, 여자는 남자를 따라가기로 결심했다. 그들이 떠난 자리엔 찢겨진 비행기 티켓 한 장이 나뒹굴었다.

땅은 살구나무로, 하늘은 은하수로 가득 찬 마을. 여자는 마을 이곳저곳을 돌아다니며 우쿨렐레를 연주했다. 그녀가 곡을 마칠 때마다 히잡을 쓴 마을 아이들은 장난스러운 미소와 함께 살구를 내어주었다. 바구니 속 쌓이는 살구들을 보며 여자는 문득 남자가 생각났다. 어떤 일로 하루를 보낼까 궁금해 하다가 돌연, 그의 일생이 궁금해졌다. 사람들 사이에서 남자는 언제나 묵묵히 들어주는 쪽이었다. 돌이켜보면 그녀는 한 번도 그를 들은 적이 없었다. 거기까지 생각이 미치자 여자는 살구는 내버려두고 온종일 밤을 기다렸다. 별들이 발하는 은은한 빛은 어떤 벽이든 쉽게 허물곤 하니까, 그녀는 낮보단 밤을 믿는 편이었다.

해가 지자 볕을 피해 숨었던 별들이 하나 둘 모습을 드러냈다. 그와 그녀와, 숙소의 몇몇 사람들은 옥상에 모여 별들을 감상했다. 마을 공터에선 탈곡기가 시끄럽게 돌아가며 매캐한 먼지들을 만들어내고 있었다. 밤하늘을 향해 끊임없이 올라가는 먼지들은 별이 되어

하늘에 박히는 듯했다. 몇몇 사람은 그 소음을 참지 못하고 내려갔지만 여자는 모든 일이 그렇듯 탈곡기도 때가 되면 멎을 것을 알았기에 자리를 지켰다. 그보다는 남자를 듣고 싶은 마음이 더 컸다. 둘만 남은 옥상에서 여자와 남자는 나란히 누워 밤하늘을 바라보았다. 밤은 너무나 밝아 어둠이 아니라 덜 밝은 낮에 가까웠다. 은하수가 한 쪽에서 다른 쪽으로 끊임 없이 흘렀다. 스피커에선 남자가 가장 좋아하는 밴드의 노래가 흘러나오고, 이따금씩 별똥별이 떨어졌다. 여자는 남자 몰래 열다섯 개의 같은 소원을 빌었다. 그날 밤 그들에겐 별 다른 일이 일어나진 않았지만 그 다음 마을에서, 그 다음 마을의 다음 마을에서, 남자는 자신의 이야기를 들려주는 시간이 늘었다.

한 시절은 한 계절과 같이 빠르게 지나갔다. 여자와 남자는 같은 비행기를 타고 일상으로 돌아왔다. 한쪽 삶에서 다른 쪽 삶으로 넘어오며 그들을 둘러싼 많은 것들이 바뀌었지만, 마음만 먹으면 닿을 수 있는 거리에 남자가 있기에 여자는 이쪽의 삶이 나쁘지 않게 생각됐다.

두 사람이 처음으로 다시 만난 날, 그들은 밤거리를 걷다 어느 라이브 바에 들어갔다. 여자가 좋아하는 낮고 조용한 멜로디와 남자가 좋아하는 화려한 밴드사운드가 번갈아 오갔다. 그리고 마치 마법처럼 남자가 제일 좋아하는 노래이자 그들이 수많은 별들 아래에서

나눴던 노래가 연주되었다. 여자는 노래보다 남자의 표정을 기억에 담았다. 그에게서 본 적 없는 말간 웃음이었다. 집으로 돌아오는 길 여자는 별 하나 없는 밤하늘을 보며 그 밤 그녀가 본 열다섯 개의 별똥별 중 어느 별의 소행일지 생각했다.

알게 모르게 시간은 쌓여갔다. 시선이 닿지 않는 시간은 더욱더 빠르게 쌓인다. 그래서 행복에 눈이 먼 사람의 시간은 누구보다 빠르게 흐른다. 여자의 시간이 그랬다. 비록 그 밤의 은하수처럼 마음은 언제나 한 방향으로 흘렀지만 그녀는 그를 볼 수 있는 것만으로도 행복했다. 그러던 어느 날 여자는 남자로부터 사진 한 장을 받았다. 좁은 골목에 옹기종기 모여 앉은 강아지들 사진이었다. 사진을 오래 바라보던 여자는 눈이 빨개졌다. 어느 새벽 그녀가 시를 썼던 어미개의 새끼들이었다. 새끼들은 새끼라고 불릴 수 없을 만큼 자랐지만 상처와 얼룩은 같은 자리에 있어 알아볼 수 있었다. 그녀는 눈을 감았다. 오래된 기억들이 의식의 깊숙한 곳에서 쏟아져 나왔다. 그들이 스치지 못했던 강에서부터 처음 만났던 마을의 식당, 고산병으로 고생하던 언덕길, 마을을 꽉 채운 살구나무와 별들….

먼지 같은 시간들은 덩어리져 연한 노란빛의 무엇이 되었다. 가만 보고 있으면 따스하지만 손을 대면 타서 바스라질 것 같은, 높은 온도의 감정. 시간의 발자국 위로 쌓여가다 뒤돌아보면 어느새 불어나 있어 흠칫 놀라게 되는, 세월과 같은 감정. 발음하는 순간 걷잡을 수 없는 수렁에 빠져버려서, 감히 발음하지 못하는 감정. 그것은 어디서 어떻게 왔을까. 어느 틈새에 뿌리내린 것일까.

*

"글쎄요, 모르죠. 아무것도 없는 곳에선 어떤 것도 나올 수 없으니, 세상의 수많은 상호작용 중 하나였겠죠. 그 이상도, 그 이하도 아닐 수도 있어요."

한참 자신의 얘기를 들려주던 그녀는 힐끗 창쪽을 보더니 자리에서 일어나 부엌으로 향했다. 쪼르르 물 소리가 들렸고, 돌아온 그녀의 손엔 물에 적신 행주가 들려 있었다. 물방울이 뚝뚝 바닥으로 떨어졌다.

"그래서 두 사람은 어떻게 되었는데요?"

그녀는 창가에 서서 멍하니 허공을 바라보았다. 늦은 오후의 밀도 높은 햇빛이 쏟아져내리고, 그 속에선 먼지들이 분주히 돌아다니고 있었다. 그녀는 시선을 거두고 창틀에 쌓인 먼지를 닦았다. 한쪽 끝에서 다른 쪽 끝으로 천천히, 아주 천천히. 이따금씩 행주를 탈탈 털며 입술을 꾹 깨물기도 하며. 이미 닦아낸 자리를 또 한 번 닦으며 고개를 젓히기도 하며.

17

마음의 위치

눈에서 맺히기도

목에서 울컥이기도

폐에서 뭉치기도

주먹이 꽉 쥐이기도 하니 말입니다.

우리 몸에 마음 없는 곳은 없나 봅니다.

2 부

나로부터 당신까지의 — 여행

18

볕뉘

뜻풀이가 한 편의 시 같은 단어가 있습니다.

별뉘;

작은 틈을 통하여 잠시 비친 햇볕

그늘진 곳에 미치는 조그마한 햇볕의 기운

다른 사람으로부터 받는 보살핌이나 보호

어둔 나날들 내 곁을 지켜준 당신

당신은 내게 별뉘였을까요

나 당신과의 기억을 딛고

양지를 향해 힘껏 손을 뻗습니다

손끝을 타고 전해오는 따스한 기운이

당신의 머리칼 같기도 합니다.

19

7시 이방인

1986년 봄날의 그녀는 또래 여자들보다 키가 크고 통통한 대학 신입생이었다. 그녀가 전공서적을 한 아름 안고 복도를 거닐 때면 남학우들이 힐끔힐끔 쳐다보곤 했다. 외모가 빼어나서는 아니다. 남자만 득실거렸던 전기과에 단 하나뿐인 여자로 존재한다는 건 그 자체만으로 빛나는 것이었다. 그렇다고 워낙 털털하고 자존심 센 그녀의 성격상 공주님으로 모셔지진 않았다. 행여나 오해를 살까 일부러 더 남학우들과 스스럼없이 어울렸고, 얕보이지 않으려 누구의 도움도 받지 않고 독하게 공부했다.

강의실 다섯 번째 줄 정중앙의 자리는 늘 그녀의 차지였다. 교수의 눈에 띄기 쉬운 자리이자 아무도 앉으려 하지 않았던 자리이기에. 그녀가 그를 처음 본 건 그 강의실에서였다. 햇살 좋은 사월의 어느 날, 늙은 교수가 느릿느릿 놀리는 분필을 따라 돌린 고개에 그만, 스무 살의 새파란 순정이 시작되었다.

"아직도 아빠가 어디 앉았는지 기억난다. 두 번째 줄 맨 왼쪽 창가에 앉아 한 손으로 손을 괴곤 꾸벅꾸벅 졸고 있었지. 창문 너머로 햇볕이 따스하게 들어오는데, 그 손이 반짝반짝 빛나는 거야. 너도 알잖아, 아빠 손 이쁜 거."

오른쪽 얼굴에 드리운 장발 탓에 얼굴을 보지 못한 게 실수였다고 말하는 엄마의 눈은 스무 살의 그것처럼 장난스럽게 반짝였다.

그녀는 그날 이후로 오로지 그의 손만 보았다. 책장을 넘기는 그의 손, 기타를 치는 그의 손, 소주잔을 쥔 그의 손. 어디 손뿐일까, 성격 또한 마음에 쏙 들었다. 무뚝뚝하고 촌스럽기 그지없지만, 또래 남자들과는 다르게 허세 없고 담백한, 그 무던함이 좋았다.

그녀는 애써 마음을 숨기려 하지 않았다. 그가 고등학교 시절부터 만나온 여자친구가 있다는 걸 알고서도. 여리여리한 몸매에 긴 생

머리를 가진 그의 여자친구가 그와 팔짱을 끼고 캠퍼스를 거닐어도 아랑곳하지 않았다. 동기들과 함께 산과 바다로 어울려 다니며 친구라는 이름으로 그의 곁을 꾸준히 맴돌았다.

집요하게 따라다니는 그녀에게 그는 결국 두 손 두 발을 다 들었고, 둘은 전기과의 유일한 CC가 되었다. 동기들은 콧대 높은 그녀가 평범하디 평범한 그와 만난다는 것을 알고 경악했지만, 그녀는 그저 좋았다. 둘은 늘 함께였다. 전공 수업도, 페스티벌도, 숱한 엠티와 술자리도. 유유히 흐르는 시간을 타고 애정선은 때론 급류에 휩쓸리기도, 댐을 만나 정체되기도 하며 여느 청춘과 같은 사랑을 나눴다.

계절이 몇 번 바뀌며 그는 입대를 했고, 두 사람의 배경은 교정에서 커피숍으로 바뀌었다. 포항 시내 우체국 옆 지하에 위치한 그 커피숍의 이름은 '이방인'이었다.

"당시 커피숍들 이름이 죄다 영어였어. '이방인'만 한글이었지. 그게 좋았나 봐. 아빠를 만나거나 친구들을 만나거나 할 때면 어김없이 거기에 갔지."

그때의 엄마는 알았을까. 10여 년 후, 그 카페를 함께한 사람과 꼭 닮은 딸이 하나 태어나고, 이렇게 랑카위의 해변에 앉아 싸구려 칵테일을 홀짝이며 그와의 연애 시절을 회상하고 있을 줄. 이토록 낭만 가득한 마을에서 낯선 언어를 말하는 이방인이 되어.

이별이 찾아온 건 그가 제대한 후였다. 권태기를 맞은 커플들이 그렇듯 둘은 자잘하게 싸울 일이 많았는데, 그때마다 그녀는 먼저 사과를 했다. 자존심은 좀 상하지만 그까짓 사과 한 번이면 불편한 공기를 내몰 수 있으니. 그러다 하루는 아무리 생각해도 그가 탐탁지 않아 먼저 연락하지 않았다. 열 번 먼저 사과했으니 한 번쯤은 좀 져 달라는 바람이었다. 그러나 하루가 지나고 이틀이 지나도, 그의 연락은 없었다. 이별은 그토록 허무한 것이었다.

그녀는 그와 헤어진 후로도 틈만 나면 이방인을 찾았다. 혼자가 된 그녀는 그 공간엔 있어도, 그 순간에는 있지 못했다. 혹시나 그가 다른 여자와 들어오지 않을까 두리번거리느라 책이 눈에 들어올 리 없었다. 친구의 얘기가 귀에 들어올 리 없었다. 그렇게 2년이 흘렀다.

1993년의 그녀는 모 기업의 전산실에서 근무했다. 그녀는 인사 관련 전산 처리를 주로 맡았는데, 어느 날 면접 대상자에서 낯익은 이름을 발견했다. 그의 이름이었다. 그날 새벽, 그녀는 그의 이름을 지울까 말까 수도 없이 고민했다. 며칠 밤을 지새우고 그녀가 내린 결론은 그냥 두는 것이었다. 지원한다고 다 붙는 것도 아니고. 운명이면 붙고 아니면 떨어지겠거니 하는 마음으로 그냥 두기로 했다.

운명의 동전은 빙그르르 돌아 앞면으로 떨어졌고, 그는 보란 듯이 합격했다. 그러나 그녀의 전산실과 그가 일하게 된 부서는 건물 자체가 다른 데다 멀리 떨어져 있어 쉽게 마주치지는 않았다. 하지만 그의 합격과 함께 찾아온 6여 년의 추억은 그녀를 가만두지 않았고, 퇴근 시간만 되면 걸음을 빨라지게 했다.

그녀는 늘 퇴근하자마자 그가 탈 버스에 먼저 앉아 우연인 척 창밖을 보고 있었다. 그러다 그가 버스에 오르면 잠시 눈을 마주치고 다음 정거장에서 내려 반대 방향 버스를 타고 집으로 돌아가곤 했다. 그러기를 몇 주, 어느 날 전산실 앞으로 쪽지가 왔다.

'7시 이방인'

여기까지 말하고 엄마는 눈을 반쯤 감은 채 밤 바다의 수평선을 바라보았다. 어느새 해변에 울려 퍼지던 익살스러운 레게 음악이 멈추고 '좌아아, 좌아아'하는 파도 소리가 들려왔다. 밤바다만큼이나 아득한 추억이 끊임없이 차오르고 밀려나는 소리였다. 한참 동안 말이 없던 엄마는 고개를 돌려 나를 바라봤다. 뜨거웠던 청춘의 결실이 그녀의 눈앞에서 미소 짓고 있었다.

20

맥

문틈으로 볕이 살갑게 찾아들던 어느 오후였습니다. 우리는 웬일인지 서로의 맥을 짚고 있었습니다. 마을의 거의 모든 상점들이 문이 닫는 씨에스타 시간이라 아무것도 할 게 없었던 우리는 사실 무얼 하든 이상할 게 없었죠.

"맥을 짚고 있으면 심장박동이 닮는대."
"그러기엔 백허그가 좋다잖아. 심장이 포개어져서."

그 말을 끝으로 한 사람이 한 사람을 뒤에서 안았고 안긴 사람은 다른 사람의 손목을 짚었습니다. 세 개의 심장이 제각기 고유한 속도로 뛰고 있었습니다. "어때? 같아졌어?" "아니, 아직." 어딘지 몽환적인 한낮의 고요 속에서 나는 살갗이 닿은 촉각에만 온전히 귀 기울였습니다. 누군가의 맥은 느려지고, 누군가의 맥은 빨라지고 있을 테죠. "지금은?" "어, 같아." 긴 기다림 끝에 마침내 세 사람의 맥은 같은 박자로 뛰게 되었습니다.

떠올리면 포근해지는 그 장면은 만남에 대한 적절한 은유였습니다.

놓으면 날아가 버릴 것 같아서 땀에 젖은 손을 꼭 쥐고 잠들었던 밤이 있었습니다. 바라나시의 어느 병실에서였죠. 이상하게 바라나시만 가면 주변 사람들이 꼭 아픕니다. 누구는 화장터 때문에 음기가 강해서라고, 누구는 갠지스 강물이 더러워서라고 하지만, 나는 여행 내내 붙들어 매던 긴장이 풀려서라고 생각합니다. 바라나시는 대개 인도 여행 마지막으로 찾는 곳이니까요. 아무튼 당시 바라나시에서 함께 지내던 언니에게 구토와 복통이 한 번에 찾아왔고, 의사 선생님은 당장 입원을 하지 않으면 안 된다 하셨습니다.

잠이 들어서도 끙끙 앓는 소리를 내던 언니에게 내가 할 수 있는 일이라곤 그저 손을 꼭 잡아주는 일밖에 없었습니다. 그러고선 설핏 잠에서 깰 때마다 괜찮다고, 괜찮을 거라고 말해주는 게 다였죠. 언니는 한참 자다 깨다를 반복하다 새벽이 다 되어서야 의식을 되찾았습니다. 다행히도 갑자기 들이닥친 아픔만큼이나 회복도 빨라서, 동이 틀 때쯤엔 이런 저런 얘기를 나누며 웃기도 했던 것 같습니다. 그래도 잡은 손을 놓진 않았더랬죠.

"있지, 나는 사람이 사람을 만나는 건 그 둘의 의지만으로는 안 된다고 생각해. 꼭 다른 사람이 필요하다? 너와 나를 만나게 한 사람이 누군지 생각해봐. 그리고 그 사람과 나를 만나게 한 사람도. 이런 식으로 쭉 거슬러 올라가면 그 끝엔 뭐가 있을까? 난 신이 있다고 생각해."

오래 닿았던 살 때문일까요. 마치 한 편의 동화 같던 그 말은 마음에 꽤 오래 머물렀습니다. 그러다 일부가 되었습니다. 언젠가부터 인연이라든가 운명이라든가 '연'이 깃든 모든 단어들에 조금씩 끼어 있던 안개가 걷혔습니다. 그러자 모든 만남이 신기하고 유일무이한 '사건'으로 다가왔습니다. 마음에 이는 작은 변화였죠. 그날 오후 가만히 맥을 짚다가 불현듯 그 말이 떠오른 것은 그러니까, 사람과 사람이 닿으면 어떤 식으로든 변화가 일어난다는 사실이 물리적으로 다가왔기 때문이겠죠.

여행이 삶의 일부가 되며 사람들과 부대끼며 지내는 날이 늘었습니다. 함께 밥을 지어먹고, 함께 불을 피우고, 함께 별을 바라보는 날이 늘었습니다. 살이 닿는 일이 늘었습니다. 짧은 악수에서부터 눈물이 찰 때 등을 쓸어주던 손, 상처를 소독할 때 꼭 끌어안아주던 팔, 헤어질 때의 포옹들에서요. 나도 모르게 옮아버린 마음이 늘었습니다. 시집을 선물하는 마음과 소수자를 생각하는 마음, 요리로 행복을 나누는 마음이 생겨났습니다. 자연스레 타인을 받아들이는 일에 대한 부담도, 나를 꺼내 놓는 일에 대한 두려움도 줄었습니다.

때로는 짧고 때로는 긴 만남이 일어나고, 이어지다, 마침내 헤어지는 순간에는 오래 전 내몰았던 허무와 우울이 잠시 찾아오긴 하지만 말입니다. 우리가 함께 지내면서 말이에요. 잠시라도, 아주 잠시라도 맥이 포개어지던 순간이 있지 않았을까요? 그렇다면 당신은 아주 미약하게나마 나에게 변화를 준 것인데, 이 맥은 죽는 날까지 계속하여 뛸 텐데, 우리는 서로의 부분을 아주 작게나마 간직하고 살아가게 되는 게 아닐까요. 그것만으로도 만남은 충분한 의미이지 않을까 생각해봅니다.

اسپیشل
ناشتہ
چکن
بریانی

21

기억을 수놓는 정원

'원'을 생각하면 그녀 특유의 맹한 웃음이 먼저 떠오른다. 입고리가 올라가며 동그란 얼굴은 좀 더 둥글어지고 커다란 눈은 반으로 접혀 뭔가 삽살개에 가까워진다. 그 얼굴을 좀 더 생각하면 눈과 눈 사이에 희미하게 그인 선 하나가 떠오른다. 평소에는 보이지 않다가 기분이 안 좋거나 어딘가 아파 미간을 찡그릴 때에만 살짝 비치는 선이다. 그 선을 생각하면 원이 낮게 흥얼거리던 노랫가락이 떠오른다. 거기엔 그녀의 모든 표정들을 고유하게 만든 세월이 담겨 있다. 한 사람의 영혼을 닮은 노래가 그 사람의 입에 오래 머물 때, 사람은 노래처럼 기억되고 노래는 사람처럼 남는다. 아람볼이라고 불리는 남인도 해변에서 지내던 그 해 가을, 그녀는 나의 룸메이트였다.

인도 서쪽의 한 섬에서 원을 처음 만났다. 게스트하우스에 막 도착한 그녀를 봤을 때, 뭐랄까 한여름에 패딩을 입은 마냥 답답한 느낌을 받았다. 인도에 캐리어를 끌고 오다니! 더군다나 흰 블라우스에 파란 끈 원피스를 껴입은 채로. 한쪽 어깨에는 다 낡아 너덜거리는 천 가방을 메고 있었는데, 자세히 보니 노란 배가 수놓아져 있었다.

"혹시 세월호예요?"

"아니요, 달무리에요. 바다 위에 일렁거리는 달무리. 그런데 많은 사람들이 세월호로 보기도 했고, 저도 세월호를 생각하며 자수를 놓았으니 세월호이기도 하네요."

그 말을 듣고 다시 자수를 보니 정말 밤 바다 위에 노란빛이 일렁이는 것 같기도 했다. 바다 아래에 가라앉은 달 같기도 하고. 한쪽 귀퉁이에 바늘이 꽂혀 있는 걸 보아 아직 완성이 되지 않은 듯했다. 원은 뉴델리 게스트하우스에서 일하는 동안 틈틈히 자수를 놓았고, 이제 작품들을 판매하며 인도를 여행할 거라 했다. 고작 몇 마디 나눠본 게 다인 원에게 함께 남인도에 가지 않겠냐고 물었던 것은 내가 그녀에게 반했기 때문이다. 무언가에 마음을 쏟을 줄 아는 사람은 내게 몹시 매력적이다.

어찌된 일인지 그 섬에는 막 사랑을 시작한 사람들이 많았기에 우리는 자연스레 발을 맞추는 일이 많았다. 사랑을 하는 사람들 앞에서 사랑이 없는 사람은 몹시 외로워진다. 견딜 수 있는 외로움의 역치를 단숨에 낮추어 버린다. 어떤 날에는 사람들과 옥상에서 잡담을 나누다 마음이 시려워 무작정 밖으로 나왔다. 원은 자기도 마침 산책을 하려던 참이었다며 함께 걸어도 되겠냐 물었다. 우리는 섬의 끝에 있다는 요새에 가보기로 했다. 얼룩덜룩 색이 바랜 골목들을 지나, 소가 묶여 있는 버드나무 아래에서 쉬다가, 바닷길을 따라 걷다 보니 요새에 다다랐다. 요새는 생각보다 거대하고 초라한 모습이었다. 원의 등을 밀어주고 끌어주고 하며 요새의 끝까지 올랐을 때에는 그녀와 한결 가까워진 기분이었다. 가까워졌다는 말은 조금 덜 조심스러워졌다는 말이고 그러니 약간의 짓궂음은 허용된다는 말이 아닐까. 고소 공포증이 있다며 주저하는 원의 팔을 끌어 성곽 위에 앉혔다. 눈 딱 감고 1미터만 훌쩍 오르면 섬의 세 면을 둘러싼 바다를, 세상의 끝이라고 불릴 법한 장엄한 풍경을 한 눈에 볼 수 있는데, 나 혼자 보기엔 너무 아까웠다.

"연지씨는 좋겠어요, 겁 없어서. 나는 보통 사람들에겐 별거 아

© 정원

닌 일에도 큰 용기가 필요해요."

원은 그 말을 시작으로 꽤나 긴 이야기를 들려줬다. 자신을 지키기 위해 마음을 꽁꽁 싸매야 했던 20대부터 서서히 마음을 풀어 헤쳐온 30대까지. 시선은 줄곧 수평선을 향해 있었기 때문에 이야기는 마치 나에게 들려주기 위함이 아니라 그 시간을 지나 여기까지 다다른 자신을 확인하기 위함 같았다. 함부로 입을 뗐다가 상처를 줄까 봐 가만히 듣기만 했는데, 이제껏 제대로 된 연애 한 번 못해봤다는 말에 설핏 웃음이 나왔다. 다른 건 몰라도 연애에 관해서는 나도 할 말이 있지. 실은 나, 좋아하는 남자한테 같이 호주 가서 살자고 고백했다가 차이는 바람에 인도로 돌아왔다고. 그렇게 말하니 그녀가 끅끅 하고 웃었다. 여기까지 말한 김에 좀 더 발칙해보기로 했다.

"남인도에 아람볼이라는 해변이 있어요. 인도 어느 곳보다 술이 싸고 밤마다 파티가 열린대요. 거기서 아무나 잡고 사랑해요 우리. 누구 한 사람이 집에 들어오지 않으면 아, 얘가 드디어 해냈구나! 하고 축하해주기로 하고요."

그렇게 우리는 아람볼에서 얼마간 함께 살게 되었다. 아예 작정하고 집을 한 채 빌렸다. 그간 우리에게 허락되지 않았던 '방탕함'을 한껏 누려보자며. 원의 뚱뚱한 캐리어를 고려해 안쪽 방을 내어주고 나는 거실의 침대를 썼다. 아람볼에 오기 전까지 줄곧 사람들과 섞여 지냈던 우리는 그곳에서만큼은 서로의 생활을 존중해주기로 했다. 나는 주로 기타를 연습했고, 원은 책을 읽거나 산책을 하다 해질녘쯤 만나 저녁을 먹었다. 해변가 레스토랑에서 맥주를 마시며 오늘은 꼭 섹시한 남자를 만나 집에 돌아오지 않겠다고 공동의 결의를 다졌지만 안타깝게도 우리는 모든 밤을 함께했다.

언젠가부터 원은 좀처럼 집밖으로 나오지 않았다. 생각할 게 많아 정리가 필요하다며. 끌고다니는 캐리어가 인도를 여행하기에는 너무 무겁지 않은지, 그렇다고 배낭을 매기엔 자신의 몸이 너무 약하지 않은지, 나와 헤어진 뒤 함께 여행할 사람을 구하는 게 나은지, 그렇지만 그 사람과 잘 맞지 않으면 차라리 혼자인 게 낫지 않은지… 그렇게 말하는 원의 얼굴에선 한동안 보이지 않던 눈 사이 주름이 짙어져 있었다. 여행을 하다보면 작은 고민들이 꼬리에 꼬리를 물어 불어날 때가 있으니까, 그녀에게도 그런 시간이 왔던 것 같다. 그럴 땐 내버려두는 게 상책이지만 일단은 캐리어부터 처리하자고 했다. 자수들을 플리마켓에 팔고 배낭을 사는 게 좋을 것 같았다. 내친 김에 버스킹도 해보자고 원을 꼬드겼다. 그녀는 아주 멋진 목소리를 가졌으니까 노래도 잘 할 것 같았다. 원은 영 찜찜한 듯했지만 버스킹은

© 정원

재밌을 것 같다고 했다. 우리가 고른 노래는 이상은의 〈삶은 여행〉이었다.

원은 그 노래를 몹시도 열심히 연습했다. 아침 식사를 만들 때도, 해변에서 일광욕을 할 때도, 잠들기 전 샤워를 할 때도, 그리고 그 사이 사이에서도. 그녀 옆에만 있으면 어디에서든 이상은의 노랫말을 들을 수 있었다.

'의미를 모를 땐 하얀 태양 바라봐 얼었던 영혼이 녹으리
넓은 이 세상 어디든 평화로이 춤추듯 흘러가는 신비를'

그녀의 음색과, 그녀가 살아온 시간과, 그녀의 입에서 흘러나오는 가사가 너무나 잘 어우러져 나는 가끔 눈물을 참아야 했다.

플리마켓이 열리기 전날 밤, 늦게까지 부스럭거리는 소리가 들려 원의 방에 들어갔다. 그녀는 캐리어를 헤쳐 놓고 자수들을 정리하고 있었다. 어떤 것은 얼마나 오래 되었는지 색이 바래고 가장자리가 틀어져 있었다. 그녀가 자수들을 하나씩 들었다가 놓았다가 하는 동작들을 오래 지켜보았다. 그중에 무슨무슨 사업이라고 적힌 에코백이 눈에 들어왔다. 거기엔 나무 한 그루와 귤 몇 개, 그리고 파도가

수놓아져 있었다.

"나는 버려진 것들에 자꾸 마음이 쓰여. 쓸모가 다해서 아무도 거들떠보지 않는 것들. 그런 것들에 다시 생명을 불어넣는 마음으로 자수를 놓아. 새하얀 천에 자수를 놓으면 더 예쁘겠지만, 왠지 그러고 싶지 않아. 저 가방은 환경 관련 행사에 참여했다가 받은 거야. 이 가여운 것을 어떻게 살릴까, 하다가 제주도에서의 기억을 담아보았어. 한참 힘든 시간을 보내던 때에 제주도에 갔는데, 거기서 너무 좋은 사람들을 만난 거야. 함께 수영도 하고, 귤도 따고 하면서 간만에 정말 행복한 시간을 보냈어. 그분들 덕에 아팠던 마음이 많이 치유되었지. 이 자수들이 온통 내 기억이라고 생각하니까 팔아야지, 팔아야지, 하면서도 못 파는 거야. 맨날 무겁다고 찡찡대면서도 여기까지 끌고 온 거야 이것들을."

다음날 원은 자수를 팔지 않았다. 그 다음날도, 그 다음의 다음날도, 고아를 떠나는 날까지도. 나는 혼자 남을 원이 걱정되어 함께 바라나시로 가자 했지만 그녀는 응하지 않았고, 우리는 정말 오랜만에 혼자가 되었다.

원과 헤어진 후로 나는 이따금씩 이상은의 노래를 흥얼거리며 그녀를 생각한다.

'오늘은 너와 함께 걸어왔던 길도 하늘 유리 빛으로 반짝여'

그녀는 어디쯤 여행하고 있을까. 아직도 그 많은 자수들을 짊어지고 다닐까. 그녀의 안부가 궁금한 마음과

'헤어지고 나 홀로 걷던 길은 인어의 걸음처럼 아렸지만'

그녀가 자수들을, 소중한 기억들을 오래 간직하기를 바라면서도, 그것들이 무겁게 남은 미련이라면 하루 빨리 털어냈으면 하는 이중의 마음. 그리고,

삶은 여행이니까, 언젠가 끝나니까
소중한 너를 잃는 게 나는 두려웠지
하지만 이제 알아 우리는 자유로이
살아가기 위해서 태어난 걸

이제는 온전히 행복으로 남을 기억들만 수놓기 바라는 마음이 자리를 다투곤 한다.

22

걸음마

사랑이 두렵던 시절이 지나가고 있었다. 어떤 계기가 있었던 게 아니라 계절이 돌아오는 것처럼 자연스러운 일이었다. 어쩌면 사랑이 필요한 듯도 했다. 성인이 된 이래로 오로지 떠나는 것에만 집중하며 살았던 것은 곁에 두고 마음을 쏟아낼 이가 없어서일지도 모른다는 생각이 들어서. 끌리는 대로 흘러다니다 마음을 동하게 하는 몇몇 장소들에 심장을 조각내어 나눠주는 일은 그만두고 그저 온전한 심장 하나를 받고 싶었다. 그러던 참에 내게 불어온 어느 여행자의 입김이 있었다. 어느 해변에 대한 얘기였다. 그곳에서 사랑을 찾았다는 사람이 둘이나 된다며.

날씨만큼 더운 가슴과 함께 도착한 해변. 휴양지 치곤 건물들이 안 보인다 싶었는데 모두 키 작은 야자수 사이에 숨어 있었고, 야자수 사이로 드문드문 보이는 지붕들에 비해 거리에 사람이 적다 싶었는데 다들 해변에 널브러져 있었다. 부담스럽지 않을 정도로만 깨끗한 백사장, 간간히 밀려들어오는 파도, 한적하지는 않지만 서로 어느 정도 거리를 두고 쉴 수 있을 만큼의 사람들. 이런 곳이라면 어느 누구도 사랑할 수 있겠다는 생각이 들었지만 거기까지였다. 너무 오래 동안 닫혀 있던 문은 어느 틈엔가 이음새가 녹슬어 잘 열리지 않았다. 그래도 괜찮다. 문을 열지 않으면 좋은 것은 들어오지 않겠지만 나쁜 것도 들어올 수 없을 테니까. 다행히 그곳엔 문을 쾅쾅 두드리고 열어젖힐 풍경도, 사람도 없었다. 대신 적당함이 주는 일종의 안전이 있었다. 그 안온함에 마취된 걸까. 얼마 지나지 않아 나는 그리워하는 것도 기다리는 것도 없이 대부분의 시간을 해변에 앉아 곧잘 시간을 흘려 보내곤 했다.

하루 중 유일하게 이곳이 달궈지는 시간은 해가 막 지기 시작하는 오후 다섯 시 즈음이다. 그 시간이 되면 크레페 가게를 꽉 채운 손님들도 하나둘 떠나고, 온종일 기타만 치는 옆방 곱슬머리 남자도 요가 매트를 꺼내들고 어슬렁 어슬렁 걸어나온다. 마을의 거의 모든 여행자들이 해변에 모여 마치 영화가 시작되기를 기다리는 관객들처럼 일제히 지는 해를 향해 시선을 고정한다. 하루 중에는 관심도 없었으면서 자신이 가장 아름다운 시간에만 주는 눈길들에 심술이 날 법도 한데 해는 토라지는 법이 없다. 오히려 보답이라도 하듯 힘껏 빛줄기를 붉힌다. 저물어가는 풍경에 사람들의 눈동자도 불그스름하게 익어가면 잡상인들도 잠시 여행자들을 내버려둔 채 그들만의 시간을 보낸다.

매일 비슷한 채도와 밝기로 찾아오는 노을처럼 별다른 일 없이 잔잔한 날들의 연속이었다. 하루하루가 지날수록 깊이 패인 외로움이 메워졌고 그에 따라 이따금씩 불쑥 솟아오르던 어떤 기대도 깎여갔다. 어느덧 매끄러워진 마음의 결은 의외로 행복에 가까웠다. 이대로도 좋으니 그 무엇도 사랑의 탈을 쓰고 다가와서 이 평온한 세계를 헤집어놓지 않았으면 하던 무렵, 찰나의 지나침으로 가슴에 낀 녹을 단번에 녹인 장면이 눈앞에 펼쳐졌다.

그곳에서 네 번째로 맞는 노을이었던가. 이제껏 본 것 중에 가장 붉은 하늘이라 어쩐지 일어나기가 아쉬웠다. 마침 이어폰에서 흘러나오는 콜드플레이의 음악을 끊고 싶지 않기도 하고. 주변 사물들에 어둠이 묻어 흐릿해질 때까지 지는 해를 바라보았다. 해가 완전히 들어간 후 사위는 더욱 붉어져 마치 하늘에서부터 붉은 커튼이 드리운

© 정원

© 정원

것 같았다. 그때, 아무도 없는 바닷속으로 걸어 들어가는 실루엣 하나가 있었다.

아기를 품에 안은 여자였다. 여자는 한참 걷다가 발목에 파도가 찰랑일 때쯤 아기를 내려놓았다. 아기는 중심을 잡지 못하고 엉덩방아를 찧었다. 그의 부피만큼의 파도가 튀며 주변이 잠시 반짝였다. 파도가 일정한 간격으로 다가와 부드럽게 아기의 다리를 간질였다. 여자가 다가와 아기를 일으켜 세웠다. 그러더니 저만큼 먼저 걸어 나가 아기에게 손을 내밀었다. 좀 더 높은 파도가 밀려 들어왔다. 아기는 속절없이 앞으로 고꾸라졌다. 여자는 내민 손을 거두지 않았지만 다가가 도와주지도 않았다. 하지만 아기는 제 힘으로 일어났다. 위태롭게, 그러나 다부지게 더 깊은 바닷속으로 한발 한발 내밀었다. 여자와 아기는 두 개의 실루엣이 두 개의 그림자가 될 때까지 그렇게 멀어지고 좁혀지기를 반복했다.

첫 걸음마였을까. 그렇다면 무릎이 아닌 발을 통해 느껴지는 까슬까슬한 모래알들은 얼마나 신비로운 감촉일까. 끊임없이 자신을 넘어뜨리면서도 하염없이 포근한 물결로 감싸안는 바다는 얼마나 놀라운 사랑일까. 정말이지 세상의 모든 처음들 중에 가장 아름다운 처음이었다. 아기는 그날의 바다를 곧 잊어버릴 테지만 사랑하는 존재를 향해 나아갔던 기억은 살아가며 겪을 무수한 고개들을 함께 넘을 것이다. 그리곤 언젠가는 누군가에게 손을 내밀어주며 어른이 되어갈 것이다. 아이의 엄마가 그래왔고, 그럴 것처럼.

그날 나는 소란스러웠던 바다가 잠잠해지고 그 위로 별들이 올라올 때까지 나의 모든 처음들과, 그때마다 내게 손을 내밀어주었던 사람들을 세어보다 집으로 돌아왔다. 포근한 밤이었다. 그리고 알 수 없는 용기가 샘솟는 듯도 했다. 비로소 누군가를 사랑할 수 있을 것 같았다.

23

문

기다리다, 두드리다, 소리치다
손톱을 세워 확 긁어도
흠집 하나 나지 않는
당신이라는 견고한 문이 있었다.

그 앞에서 귀를 대고
숨죽이다, 가만하다, 훌쩍이다,
몸서리치며 뒤돌아 걷다가 알았다.

내가 있는 곳이 밖이 아니라 안이었음을.
그제야 쿵쿵, 희미하게 들리던
노크소리가 있었다.

24

우리가 세상을 사랑하는 방식

조금만 더 가릴 수는 없나. 바라나시 골목을 걸을 때면 종종 속으로 중얼거린다. 도시 전체가 이렇게까지 천연덕스럽게 발가벗고 있는 도시는 이곳 바라나시 밖에 없을 것이다.

좌우로 나 있는 식당들은 창이나 문이 없어 내부가 훤히 들여다 보인다. 누가 무엇을 어떤 표정으로 먹는지 보고 싶지 않아도 눈에 들어온다. 밥을 먹는 여행자 앞에서 사리를 두른 여자가 젖을 물린 채로 동냥한다. 그 옆을 한 무리의 소가 지나간다. 좁은 골목길을 빠져나와 강변으로 나오면 더 노골적인 삶의 장면들이 등장한다. 남자들은 사타구니만 겨우 가린 채 강물에서 목욕을 하고, 여자들은 온갖 옷가지들을 가져와서 빨래를 한다. 그로부터 불과 몇 미터 떨어지지 않은 곳에서는 한 때 그 물에서 목욕을 하고 빨래를 했을 사람이 재가 되어 강물 속에 던져진다. 조금 불편한 장면들에 물안개는 커튼을 치는 듯싶지만 잘 가려지지 않는다. 걸으면 걸을수록 공공연한 비밀 한 가지가 조금씩 누설된다. 모든 순간은 결국 지나간다.

지나간다는 생각도 곧 지나간다. 바라나시에서는 무언가를 오래 바라보거나 생각하는 게 힘들다. 매일 글을 쓰러 간다는 핑계로 숙소를 나서서는 멍하니 강만 바라보다 돌아오는 이유다. 생과 죽음, 그리고 그 사이의 모든 순간들을 빤히 공유하고 살면서도 다음날 아침이면 짜이를 만들고 짜이를 마시며 하루하루를 이어붙이는, 정말인지 모든 것이 태연해서 이상한 곳. 이상한 삶. 나는 왜 자꾸 이곳을 다시 찾게 되는 것일까. 이미 수많은 여행자가 답을 내리길 포기한 그 질문을 나라고 풀어낼 재간은 없다. 언제나 이유를 모른 채로 그곳을 떠났고 이유를 모른다는 이유로 돌아왔다. 네 번째 인도, 세 번째 바라나시였다.

그곳에서 한 남자를 만났다. 내가 기억하는 그와의 첫 만남은 게스트하우스 옥상에서였다. 나는 평상에 앉아 머리를 말리며 기타를 치고 있었다. 서두를 것 없이 느긋하게 강바람에 머리칼을 맡기는 그 시간을 나는 제일 좋아했다. 때마침 그가 담배를 피러 올라왔다. 수염이 거뭇거뭇하고 붉은 색 알라딘 바지를 입은, 인도 여행자의 정석인 차림새였다. 우리는 여느 여행자가 그러듯 첫 만남에 어울릴 법한 질문들을 나눴다. 어디서 왔어요, 거긴 어땠어요, 같은 뻔한 질문들. 그는 리시케시에서 한 달간 요가를 배우고 바라나시로 왔다고 했다. 편도 티켓을 끊고 온 터라 언제까지 머물지는 모른다고. 나는 일주일 정도 머물다 터키로 갈 것이라 했다. 그곳 게스트하우스에서 스태프 일을 할 예정이었다. 대화는 그의 담뱃불과 함께 꺼졌다. 외모나 목소리에서 약간의 호감이 느껴지기도 했는데 깊게 생각하지 않았다. 다만 수염이 꽤 잘 어울린다고 생각했다.

그를 좀 더 알게 된 건 그날 밤 옥상에서였다. 일행과의 첫 날을 기념하려 치맥을 꾸려 옥상으로 올라갔는데, 그 또한 그의 일행과 그곳에서 술을 마시고 있었다. 우리는 자연스럽게 평상에 둘러앉아 가져온 것들을 나눠 먹었다. 갖가지 종류의 알코올과 함께 그에 대한 정보들이 흡수되었다. '언', 그의 이름을 듣자마자 오래 기억되리라 싶었다. 언은 술을 마시는 내내 자세가 흐트러지지 않았다. 말투에서는 여유와 배려가 느껴졌다. 그리고 철학을 전공했다는 점에서 그를 더 알고 싶다는 생각이 들었다. 다행히도 나는 언과 같은 숙소에 지내고 있었기에 마주칠 일이 많았다. 숙소 앞에서 몇 번 인사를 나누다 어떤 날은 점심을 같이 먹었고, 어떤 날은 요가 수업을 들으러 가기도 했으며, 어떤 날은 갠지스 강에서 보트를 탔다. 머지 않아 어떤 날은 대부분의 날들이 되었다.

언은 나와 너무나 다른 사람이었다. 한 가지에 집중하면 주변이 차단되는 나와 달리 그는 시야가 넓다. 같이 걸을 때면 가축들이나 오물들로부터 나를 끌어주곤 했다. 한참 책을 읽다가도 내가 입술을 뜯으려 손을 올리면 눈을 흘기며 제지했다. 어떻게 이런 게 보이냐 물으면 그냥 보인단다. 세상을 보는 시야도 나와 달랐다. 내가 세상의 아름다운 면들을 편식하는 편이라면, 언은 어두운 면들을 응시하는 편이었다. 그런 그의 생각들은 빤히 보기엔 두렵고 오래 생각하기에 버거운 것이었다. 때문에 계속해서 얘기를 나누다 보면 어느 한 점에서 꼭 부딪혔다. 그 부분은 누가 누구를 설득할 수 있는 게 아니었다. 거대하고 아득한 타인. 그래서 더 매력적인 타인에게 나는 가끔 취기를 핑계로 머리를 기댔다.

하루는 강가를 산책하다 언이 가본 적 있다는 레스토랑에 들어갔다. 말이 레스토랑이지 어느 호텔(이 또한 말이 호텔이지 거의 여관이다) 옥상에 차려진 허름한 식당이었다. 그래도 높이가 높이인 지라 경관은 끝내줬다. 세 면이 뚫려 있어 바라나시의 전경이 한 눈에 들어왔다. 그곳에서 우리는 가난에 대한 얘기를 나눴다. 언젠가 언이 에그롤을 사달라고 조르는 소년을 식당에 데려간 적이 있다. 나는 그의 행동이 못마땅했다고 말했다. 그건 아이를 위한 일이 아닌 것 같았다. 아이가 생업을 위한 노력을 하지 않을까 봐 걱정이 되었다. 언의 생각은 달랐다. 우리의 사소한 행동으로 어느 한 사람의 인생이 좌지우지될 거란 생각은 오만이라 했다. 그 옛날 미군이 초콜릿을 주었던 한국의 아이들도 어엿한 성인이 되어 나라를 일으켜 세우지 않았냐며.

이외에도 우리가 나누었던 토론 가까운 대화들에서 언이 취하는 입장은 비슷했다. 그의 말에 따르면 세상은 덧없는 것이고 우리라는 존재는 더없이 작고 미미한 것이었다. 세상에 토라진 사람 마냥 회의적인 그의 생각들이 안쓰럽다가도 화가 났다. 그럼 내가 이 세상에서 할 수 있는 게 대체 무엇이냐고. 너와 얘기를 나누다 보면 내가 너무나 보잘 것 없는 존재가 되는 것 같다고, 말하다가 바보같이 울고 말았다. 모든 것이 결국 다 지나가버리고 말 것이라면, 내가 지금 당신을 만나고, 이야기를 나누고, 글을 쓰고 하는 것들이 무슨 의미가 있나. 다 부질없는 짓인데. 언은 침묵했다. 고요해진 우리 곁으로 애꿎은 기러기 떼가 휙휙 지나갔다. 그는 한참 후에 말했다.

"그러니까 매 순간 네가 옳다고 생각하는 일들을 행하면 되는 거야."

그 말을 온전히 이해하기까지는 오랜 시간이 필요했다. 하지만 당장의 나는 내 세계에 조그마한 금이 갔다고 느꼈다. 이 사람을 더 만나다가는 나도 그의 허무주의에 물들고 말 것이라 생각했다. 나의 세계를 지키기 위해 내가 선택한 방편은 그를 피하는 것이었다. 골목에서 그가 혼자 밥을 먹는 게 보여도 아는 척하지 않았다. 어쩌다 만나더라도 얘기가 깊어지는 것을 경계했다. 대신 이어폰을 나눠 끼고 노래를 듣거나 시답잖은 농담을 나누곤 했다. 그것이 내가 타인을 미워하지 않는 방식이자 세상을 사랑하는 방식이었다. 좋은 면들만 취하고, 나와 맞지 않은 면은 못 본 척 지나쳐버리는.

식어버린 날들은 빠르게 지나갔다. 내 몸집만 한 배낭을 메고 좁은 골목을 빠져나가던 날, 언을 포함한 몇몇의 일행들이 대로까지 데려다주었다. 우리는 나란히 걸었으나 말이 없었다. 마지막이란 것은 모두에게 어색하지 않은가. 걷는 내내 언을 되돌아봤다. 바라나시의 정신 없는 시장통에서 관념은 걷어지고 오로지 행동만이 떠올랐다. 셀 수 없이 많은 모기들에 뜯겨도 결코 죽이지 않던 사람. 잔돈을 주머니에 넣어 다니며 몸이 아픈 노인들에게 건네던 사람. 배고픈 아이의 손을 잡고 식당으로 향하던 사람. 내가 때로는 걸러내고 때로는 지나치던 것들을 보살피던 사람.

어쩌면 언은 세상을 너무 사랑한 나머지 토라진 것일지도 모른다고 뒤늦게 생각했다. 토라진 사람이 그렇듯, 자신을 섭섭하게 만든 대상으로부터 완전히 멀어지지는 못하고 가까이 가지도 못하는 채로 저 멀리서 눈을 흘기는 것이다. 자신을 헤아려주기를 바라며 미운 말들을 골라 뱉는 것이다.

그의 말이 맞다. 세상은 잔인하다. 애를 쓰고 움켜잡아도 시간은 허무하게 흘러가버리고 만다. 모두에게 공평하게, 모든 것은 다 지나간다. 사실은 바라나시를 보며 수십 번 생각했지만 애써 지나쳤던 진실이었다. 그는 나와 달리 세상의 진실들을 자기만의 방식으로 받아들이고 그 안에서 자신이 행할 수 있는 일들을 찾는 사람이었다. 그를 허무주의자로 단정 짓고 피한 건 나의 오만이었다. 그와 이대로 헤어지기 싫었다. 그마저 지나치기 싫었다.

골목이 끝날 때쯤 장난스러운 말투 뒤에 숨어 말했다.

"어차피 티켓 없잖아, 이스탄불 오면 안 돼?"

25

바라나시

희멀건 뼈들이 강물로 던져지면

검은 수면은 왈칵, 잡아 삼키고

아무 일 없는 듯 새 물살이 흐른다.

사람이 타는 풍경은

몇 천 년 전부터 이 자리에 있었다는 당신의 말에

그 곁을 스치던 나는

제대로 마주하지 못하고 눈을 돌렸다.

강 위에 내려앉은 노을을
홀린 듯 바라보던 사람들은
붉은빛과 함께 사라지고
그 텅 빈 자리를 우리는 외로이 바라보았다.

악수로 시작해 짧은 포옹으로 끝나는
무수한 관계들이
한낱 꿈처럼 느껴지고
시간이 가져다준 모든 것이
결국은 덧없지 않냐 묻는 나에게
당신은 말했다.

아름다운 것을 저물게 하는 것은 시간이지만
어둠을 내모는 것도 시간이다.
움켜쥐려 할수록 새어나가는 것이 시간이지만
그 순간을 유일한 것으로 만드는 것도 시간이다.

그 늦은 오후 당신은
지친 노을의 얼굴로
뛰박질하는 시간의 얼굴로
내 곁에 잠시 머물다 갔다.

26

고양이에 대한 단상들

*

길고양이를 위한 밥그릇을 심심찮게 볼 수 있는 이스탄불. 이곳에서 사람과 고양이가 공존하는 방식이 어쩌면 가장 이상적인 공존의 형태라는 생각을 한다. 내가 베풀 수 있는 선에서 최대한의 애정을 베풀고, 그에 대한 대가는 바라지 않는 관계. 상대를 구속하지 않으며 그저 쓰다듬고, 쓰다듬 받는 것만으로 만족하는 관계. 그렇게 서로에게서 달콤한 것들만 취하는 관계. 그러나 공존으로만 가득한 세상은 조금은 공허할 것이라는 생각도. 공존. 평행하게 놓여진 두 개의 선 같은 단어 이면에는 아무런 마찰도, 화학반응도 없다. 어쩌면 우리라는 단어의 보존을 위한 가장 소극적인 방식의 타협일지도.

*

고양이가 손 아래로 머리를 들이밀고 부비적거릴 때 고양이 자신보다 되려 내가 위로받는 느낌이 들곤 한다. 내 품으로 파고든 고양이 한 마리를 가만가만 쓰다듬다가 불현듯 스쳐가는 기억 하나를 낚아챈다. 언젠가 내 어깨에 기대었던 당신. 공연히 머리를 쓰다듬게 만들던 어깨의 감촉, 조심조심 고르던 온도 높은 단어들. 그때 느꼈던 따스함은 무엇이었을까. 당신을 다독이려 했던 말들은 사실 모두 나에게 하는 말이었을까. 아니면 당신이라는 존재가 내게 기대어 있다는 사실만으로 위안이 되는 걸까. 어느 쪽인지는 몰라도 타인을 향해 뻗은 손이 동시에 나에게도 닿을 수 있다는 믿음은 묘한 안도감을 준다. 그것만으로도 어깨를 나누며 살아갈 충분한 이유가 된다.

*

어떤 사람을 보면 고양이 같다. 일단 자기만의 신념이 확고한 사람. 그래서 내가 아무리 애를 써도 털끝 하나 바꿀 수 없을 것 같은 사람. 또한 자기만의 공간(그것이 물질적이든 정신적이든)을 소중히 여기는 사람. 그래서 나로 하여금 선을 넘지 못하고 주변부를 서성이게 하는 사람. 그리고 무엇보다 내가 원하는 만큼의 사랑을 주지 않는 사람. 그러니까 인간은 모두 얼마큼씩은 고양이다. 타인에 대한 욕망은 언제나 정확한 크기로 교환되지 않기에.

*

고양이가 볕 잘 드는 창가에 누워 자신의 몸에 드리운 햇살을 핥는 풍경은 바라보는 것만으로 포근하다. 고양이는 그루밍을 할 때 가장 안정감을 느낀다고 하던대. 언젠가 고양이가 그루밍을 하는 이유에 대해 검색해본 적 있다. 엉킨 털을 풀기 위해, 혈액순환을 돕기 위해 등등 다양한 의견들이 있었는데 그중 '몸 이곳저곳에 묻은 다른 냄새들을 지우기 위함'이 인상적이었다. 고양이만큼이나 자기자신을 철저하게 돌보는 동물이 또 있을까. 고고하게 세상을 걷고 포근하게 웅크리며 저홀로 완전한 고양이에 비해 인간은 얼마나 불완전한가. 사람도 얼룩덜룩 묻은 세상의 냄새를 지우고 자신의 내면 깊숙한 곳까지 핥을 수 있다면 우리는 좀 더 완전해질 수 있을까. 하지만 그게 가능할지라도 분명 혀가 닿지 않는 곳이 있을 수밖에 없기에 인간은 타인을 필요로 하다,라고 생각하는 나는 평생 고양이는 못 될 사람이다.

*

너는 다른 애들보다 키가 크고 품이 너르구나. 괜찮으면 잠시 같

이 걸을 수 있을까. 너무 오랫동안 혼자였거든. 네가 사람들 틈에 섞여 살다 가끔 혼자가 필요한 것처럼 언제나 혼자인 나도 가끔은 사람이 필요하거든. 아, 그렇다고 네가 궁금한 건 아니고. 먹을 게 있다면 좀 주면 고맙겠어. 그런데 너는 어디를 그렇게 걸어 다니니, 나는 한 평의 박스만 있으면 충분한데. 네게 특별할 것 없는 이 거리가 나는 매일매일 새로운데. 뭐가 그렇게 급하고 어딜 그렇게 빨리 가고 싶니. 잠깐 나 좀 봐줄래? 고마워. 아니 너무 오래 보지는 말고. 미안, 익숙하지 않아서 그래. 나를 쓰다듬는 건 좋은데 무릎에 앉히려 하지는 않았음 좋겠어. 나를 떠나는 건 괜찮은데 너무 멀리는 가지 말았음 좋겠어. 잠깐만, 잠깐만. 내일 또 올 거지?

27

만약

무심코 든 생각인데요

우리 눈앞에 있는 저 수많은 별들 말이에요

어쩌면 어느 시간들의 무수한 평행 우주라는 생각이 들어요.

만약이라는 말이 만들어낸 그 모든 가능성들

살 수 있었지만 미처 살아보지 못하고 지워진 시간들이요.

저 별에서 나는 책가방 대신 바이올린을 메고

문제집 대신 악보를 펼치고 있네요.

저 별에서 나는 할머니의 손을 잡고

이야기 끝을 늘리고 있어요.

가장 밝게 빛나는 별, 저곳에서 나는

그때 놓친 사람을 잡고 있나 봐요.

이름 없는 별들과 이름 없는 시간들이

형형하게 빛나는 밤이에요.

마찬가지로 무심코 든 생각인데요

만약,

지금 당신의 손을 잡으면 어떨까요?

방금, 별 하나가 늘었어요.

28

연애와 여행
사이에서

바라나시를 떠난 지 4일째, 그러니까 이스탄불 게스트하우스에서 일한 지 4일째 되던 날 아침 언이 찾아왔다. 이른 아침 초인종이 울리고 문을 열었을 때, 그의 얼떨떨한 표정을 잊지 못한다. 시간과 공간을 미처 동기화하지 못한 모습이었다. 그건 나도 마찬가지였다. 비행기 한 번 탔을 뿐인데 너무 많은 게 바뀌었다. 그와 나를 둘러싼 언어, 냄새, 날씨뿐만 아니라 우리의 관계 또한 어떤 변곡점 앞에 놓여 있었다. 한 사람을 따라 바다를 건너는 일을 나는 해본 적이 없어서 그의 마음이 무슨 색깔인지 도무지 알 수 없었다. 내가 떠난 뒤 바라나시는 어땠는지, 비행기 안에서 무슨 생각을 했는지, 어떻게 그렇게 무모할 수 있는지, 머릿속엔 질문들이 한가득이었으나 대신 아침은 먹었냐 물었다.

빠르게 체크인을 도와주고 아점을 먹으러 나왔다. 카레가 주로 놓이던 우리 사이 식탁에는 이제 케밥이 놓여 있었다. 그는 내가 떠난 뒤의 바라나시를 들떠 얘기했다. "너 가고 나서 엄청 재밌었어. 사람들이랑 술을 진탕 마시고 동네 개들이랑 싸운 적도 있었어. 또… 누구는 술에 취하면 계속 기모띠라고 소리질러서 일본 애들이 개를 기모띠 상이라고 불렀어. 아, 걔네는 이틀 전에 방콕으로 갔어. 다들 너를 그리워해."

제일 궁금했던 얘기는 그게 아니었지만 언 특유의 표정이 반가워 웃음이 났다. 언은 무언가 재밌는 얘기를 하려 할 때면 자기 혼자 피식 웃고 시작한다. 그리고 본격적으로 이야기를 시작하면 꽤나 진지한 표정으로 한쪽 입고리를 씰룩거린다. 내 머릿속 언은 늘 무언가를 말하고 있었고, 그런 그가 지금 내 앞에서 이야기를 하고 있다. 그 익숙함은 금방 우리를 바라나시로 돌려놨다. 케밥 가격을 제대로 확인하지 않아 말도 안 되는 금액을 낸 것도 인도를 연상시켰다. 가게를 빠져나와 거리를 걷고, 걸었다. 여름에서 겨울로 넘어온 그가 추워보여 스웨터를 한 벌 사줬다. 그는 내 목이 추워 보인다며 머플러

를 사줬다. 바리스타가 상을 받았다는 카페에서 커피를 마시고, 숙소로 돌아와 손님들과 어울려 술을 마셨다. 그 하루는 다음날도, 그 다음날도 반복되어 곧 일상이 되었다.

오전에는 함께 게스트하우스 일을 하고(숙박비를 내고서도 일을 하니 사장님이 그를 무척 좋아했다), 점심때쯤 되면 여행을 빙자한 데이트를 하러 나갔다. 이스탄불은 분명 화려한 도시였으나 모든 색이 자신만을 뽐내지 않았다. 긴 세월을 함께 지나며 각자의 색이 조금은 밝아지고 조금은 어두워져 서로를 배려하는 모습이었다. 오래된 도시 특유의 조화로움, 조화로움이 주는 다정한 분위기가 있었다. 너무나 다른 사람이었던 언과 나 또한 조금씩 닮아가는 듯했다. 고양이 알레르기가 있던 그가 길고양이를 쓰다듬기 시작했고, 시샤* 연기를 제대로 빨아들이지 못해 콜록거리던 내가 능숙하게 그와 시샤를 나눠 피게 되었다. 서로를 할퀴지 않는 대화방식을 찾아갔다. 얘기를 나누다 곧잘 눈물을 흘리던 내가 더 이상 그러지 않게 되었다.

크리스마스이브날이었다. 이슬람 국가인 터키의 거리에선 캐럴 한 곡 들을 수 없었지만 우리는 한국인이지 않은가. 예수가 태어난

---

* 터키 전통 물담배

날, 예수보다 연인들을 축복하는 유일한 나라. 몇 년간 못 누렸던 그 축복을 나도 한번 받아보고 싶었다. 사람 많은 저녁 거리를 언과 걷다가 일부러 으슥한 골목으로 들어갔다. 분위기 좋은 야외 테이블이 있은 술집을 골랐다. 우리는 언제나처럼 숱한 이야기 속을 유영했다. 맥주가 한 잔 두 잔 들어가며 수면을 웃돌던 대화는 점차 가라앉아 저류를 향해 갔다. 그는 나를 더 알고 싶어서 터키로 왔다고 말했다. 나와 얘기하면 자신의 세계가 깨지는 느낌을 받았다고. 각자의 여행이 끝나기까지 기다릴 수 없었다고. 사실은 이미 알고 있었던 그의 마음을 왜 나는 굳이 확인해야만 했을까. 나는 새삼 민망해져 어물쩍거리다 이스탄불 일이 끝나면 함께 조지아에 가자고 했다. 숙소로 돌아오는 길. 언은 습관처럼 한쪽 팔로 내 배낭을 잡았다. 나는 몸을 빼내 그의 손을 잡았다. 막 연애를 시작한 남녀가 내보이는 어떤 망설임과 수줍음이 우리에겐 없었다.

언과의 연애가 시작된 후로 내 여행은 이전과 확실히 달라졌다. 낯선 거리를 누비기보다 언과 동네 공원을 걷는 게 좋았다. 사람들과 떠들썩하게 술을 마시기보다 언과 차를 마시며 진득한 이야기를 나누는 게 좋았다. 제아무리 화려한 건축물도, 광활한 자연도 내게 감동을 주지 못했다. 그보다 더 흥미로운 사람이 바로 옆에 있기 때문이었다. 게스트하우스를 떠난 뒤 우리의 생활 반경은 더 좁혀졌다.

어느 도시를 가든 우리만의 작은 방을 구했다. 그 안에서 대부분의 생활을 꾸려나갔다. 커피를 마시고, 밥을 먹고, 책과 영화를 보고, 잠을 잤다. 멀티태스킹이 안 되는 나는 우리를 스쳐간 많은 사람들이, 머물렀던 도시의 풍경들이 잘 기억나지 않는다. 어쩌면 한 사람에게 익숙해지며 놓친 것들이 많았는지도 모르겠다. 그런데 나는 그게 아쉽지가 않다.

이따금씩 장난처럼 그에게 말했다. 너 말고 다 재미없어. 말하고 나면 어김없이 두 손을 오그라뜨리고 말지만 내가 할 수 있는 최고의 애정표현이었다.

29

나로부터 당신까지의 여행

서로의 세계를 방문하는 이방인이 되는 일

낯선 언어들 틈에서 우리만의 언어를 속삭이는 일

한 도시의 여러 날씨와, 여러 도시의 한 계절을

당신과 함께 걸어가는 일

호기심 가득한 눈동자들을 마주하며

잠시나마 우리를 세상의 주연배우로 세워보는 일

그러다가도 가끔은 섬으로 들어가 육지의 일들을 비웃는 일

새로운 풍경 속에서 우리가 살던 곳의 그림을 찾아보는 일

그렇게 서로의 과거를 맞춰보는 일

둘이 아니라면 그 많은 젖은 기억들을 말릴 수는 없는 일

아픔을 굴려 눈사람을 만들고

그것이 녹는 것까지 지켜보는 일

별을 본다는 핑계로 목이 뻐근해질 때까지 손을 잡고 있는 일

모든 골목이 모든 골목으로 이어짐을 확인하고

때로는 마음 놓고 손을 놓아보는 일

은근하게 움트는 두근거림이

두려움인지 설렘인지 오래도록 실험하는 일

30

약속, 쓰기, 계속

어떻게든 만나게 될 사람은 어디선가 꼭 만나고, 만나야만 할 사람이 있다면 어떻게든 만난다. 이것이 내가 믿는 사람의 연이다. 인연. 사람들 사이에 맺어지는 관계. 그것은 분명 사람의 일이며 사람의 힘이다. 그러니까 내가 보는 세상에 필연은 없다. 필연이라는 단어에 덮이기엔 너무 많은 사람들의 염원과 노력이 귀중하다. 한 점에서 한 점이 끊임없이 멀어지는 게 우주의 법칙이라 우리는 서로를 향해 온 힘을 다해 다가가야 한다. 그러지 않고서야 도저히 닿을 수가 없는 곳, 그곳이 사람이다. 터키어도 아랍어도 알지 못하는 내가 영어도 한국어도 모르는 메르베, 그녀와 친구가 된 건, 그런 의미에서

인연이다.

터키 동부를 여행하고 돌아온 사장님은 여행 중 만난 어떤 가족에 대한 이야기를 들려주셨다. 그들이 첫째 딸 페이제를 만난 건 황량한 언덕에 집들이 차곡차곡 쌓인, 그 사이를 당나귀가 가로지르는 도시 마르딘. 미로 같은 골목을 헤매던 그들에게 페이제는 자신의 집에서 차 한잔 하고 가지 않겠느냐 물었다. 그가 도착한 곳은 나이가 지긋한 어머니와 5명의 어린 남매들이 소담스레 꾸려놓은 작은 집이었다. 낯선 생김새의 그가 헤매는 게 마음이 쓰였을까, 혹은 호기심이 일어서였을까. 끝도 없이 음식을 내어주며 구글 번역기로 이것저것 물어보던 가족들은 급기야 그와 근교로 여행을 가기로 한다. 한장한장 사진을 넘겨보며 마치 지난 밤 꿈을 얘기하는 듯한 그의 표정을 보자 나도 마르딘에 가서 그 가족을 만나고 싶다는 바람이 들었다.

카파도키아에서 언과 각자의 여행을 하기로 한 후 사흘 만에 마르딘에 도착했다. 호텔에 짐을 풀자마자 마르딘의 하늘은 표정을 일그러뜨렸다. 먹구름이 스멀스멀 몰려들더니 이내 비를 쏟아내기 시작했다. 이곳에선 조금만 높이 올라가면 메소포타미아 평원이 드넓게 내려다보인다 했는데, 평원은커녕 미세먼지마냥 짙은 안개밖에 보이지 않았다. 그래도 우중충한 날씨 때문이었을까, 마르딘 사람들

의 인심은 더 환하게 와 닿았다. 다 부서진 우산을 들고 종종걸음 하는 내게 식당 주인들은 손짓을 해선 차를 쥐어주곤 했고, 뜨거운 차를 호호 불며 감사하다는 눈짓을 하면 하나같이 양 손 검지 손가락을 붙이는 동작을 보였다. 그러고선 마치 서부영화에서 나올 법한 찡긋한 미소를 지으며, '코리아, 터키, 브라더'라고 말했다. 차 한잔으로 몸은 데워지지 않았지만 마음을 데우기엔 충분했다. 그들의 친절에 중독되었을까. 애초에 마르딘을 찾은 이유는 잊어버리고 차 얻어 마시고, 걷고, 차 얻어 마시고, 걷기를 반복했다.

셋째 날이 되어서야 사장님께 연락처를 물어 페이제에게 연락했다. 메시지를 주고받은 지 얼마 지나지 않아 그들의 집에 초대받았다. 그 말을 바라긴 바랐다만, 대체 뭘 믿고? 맥락을 따지지 않는 선의에 약간의 의심이 슬그머니 고개를 들었지만 샐쭉 웃으며 어색한 영어로 인사를 건네는 페이제를 보자마자 그런 마음은 푹 사그라들었다. 예쁘장한 아이였다. 두 눈에선 일말의 적의조차 찾아볼 수 없는. 페이제뿐만 아니라 그녀의 어머니, 언니, 여동생까지 하나같이 웃을 때마다 눈가엔 자글자글한 주름이, 눈동자엔 온기가 비쳐 보였다. 나는 마치 막 할머니집에 도착한 손녀처럼 그들이 내오는 음식을 우걱우걱 받아먹으며 연신 '코젤(최고)'을 외쳤다. 인사말 외에 내가 아는 유일한 터키어였다.

나란히 앉아 빵을 뜯던 페이제는 내게 사랑하는 것이 무엇이냐 물었다. 사랑하는 것이 무엇이냐니, 너무나 근사한 질문이잖아? 사랑하는 사람의 존재를 묻는 것인가, 아니면 취미? 좋아하는 음식? 구글 번역기의 어색한 번역에 질문의 요지는 묘연했지만 그래도 사랑하는 게 무엇이냐니, 꽤 낭만적으로 느껴졌다. 나는 사랑하는 사람들의 얼굴과 마음에 오래 머물렀던 풍경들, 책과 문장들을 떠올리다, 시. 시를 사랑한다고 말했다. 이런 걸 묻는 게 아니었나. 페이제는 아리송해보였다. 그런데 옆에서 잠자코 우리의 대화를 지켜 보던 그녀의 동생 메르베가 화색이었다.

자신도 시를 사랑한다고 말했다. 그리고 시를 쓴다고 말했다. 그러고선 쪼르르 안방으로 달려가 낡은 노트 한 권을 가져오는 것이다. 놀라 화끈거리는 가슴을 애써 진정시키며 노트를 펼쳐보았다. 내용은 알 수 없었지만 나눠져 있는 행과 연으로 이것들이 시라는 걸 알 수 있었다. 어떤 글씨는 날아갈 듯하고 어떤 글씨는 묵직했다. 시는 쓰는 게 아니라 쓰이는 것이라 했던가. 페이지를 넘길 때마다 흑심 가루가 떨어졌다. 무언가 꾹꾹 담아 짓눌러 쓴 흔적이었다. 대체 무엇이 16세 어린 소녀를 그리도 부단히 쓰게 했을까.

메르베의 대답을 듣고 나는 눈을 꼭 감을 수밖에 없었다.

슬픔과 외로움. 그것들이 시를 쓰게 한다고. 슬픔과 외로움이 덮쳐올 때마다 자신과 대화하며 시를 쓴다고.

'나는 침묵이다. 심장 속 단어들에 사로잡힌.

침묵인 나는 혀 위에만 서 있다.'

나도 안다. 하고픈 말이 목 끝까지 차오르는데, 입까지 오르지 못하고 목 언저리에서 굳어버리는 그 기분. 삼킬 수도 없고, 뱉어낼

수도 없어 그대로 삭일 수밖에 없는 그런 거.

'나는 내가 잃은 모든 것들을 잃어야 했다.'

내 의지와는 상관없이 소중한 것들이 하나둘 떠나가던 때가 있었다. 누군가를 애타게 바라보는 마음이 별수 없이 꺾인 걸로 시작해 멀지도 가깝지도 않은 지인들의 죽음이 사흘에 한 번 꼴로 들려왔다. 좋아하는 일에 대한 열정은 사라지고 더불어 꼭 한번 이뤄보고자 했던 꿈 같은 것도 더는 생각나지 않았다. 무기력을 떨치려 뭐라도 해보자고 벌렸던 이런저런 작은 일들마저 뜻대로 되지 않았다. 가진 것은 물론이요 한번 가져보려 했던 것들까지 사라지니 참, 갑자기 세상이 나에게 왜 이러나 싶은 기분. 그런데 생각해보면 애초에 내 편도 아니었던 것 같아 딱히 할 말은 없고. 그러던 참 우울이 슬그머니 다가와 엉겨 붙었다. 그 자리로부터 도망가는 것 외에 달리 벗어날 방도가 떠오르지 않아서, 그래서 나는 여기까지 왔는데. 떠날 곳도, 떠날 수도 없는 너는 시를 써야만 했구나.

처음으로 터키어를 공부하고 싶어졌다. 창백한 액정에 검게 빛나는 활자들로밖에 메르베의 시를 읽을 수 없다는 게 너무나 아쉬워서. 변화무쌍한 표정으로 노트에 박힌 그녀의 모국어들, 그녀의 세계, 그 질감을 있는 그대로 느끼고 싶었다. 하지만 그럼에도 불구하고 일종의 파장처럼 느껴지던 언어가 있었다. 어디에도 존재하지 않고 오직 이 순간에만 존재하는 제3의 언어였다. 무수한 눈빛으로 아로새겨지는 활자, 목소리의 미세한 떨림이 짜내는 문법을 읽으면 구글 번역기를 두드리기 전에도 어떤 감정이 담긴 시인지 알 것만 같았다. 그렇게 전이된 감동은 그녀의 눈을 바라보며 어깨를 다독이고, 때때로 안아주는 것으로 표현하면 되는 것이었다.

메르베와 나는 저녁 내내 몇 편의 시와 몇 줄의 대화를 주고받다 머리를 나란히 하고 잠이 들었다. 잠들기 직전 메르베는 말했다. 우리가 '삶의 균형'이 닮은 것 같다고. 가만 두면 자꾸만 기울어지는 삶을 글로써 지탱하는 게 우리가 찾은 균형일까. 그렇다면 아슬아슬한 그 균형을 어떻게든 유지하며 우리, 잘 살아 있자. 그 말을 온전히 전하지 못하는 나는 새끼손가락을 내밀었다. 그리고 가장 쉬운 영어단어들로 가장 어려운 진심을 전했다.

'약속, 쓰기, 계속'

31

당신의 바다

바다 깊숙이 들어간 적이 있어요
당신과는 다르게 내가 원해서였지만.
그곳에서 올려다본 수면에선
수 천 개의 하늘빛 유리조각이 반짝이고 있었어요.

나는 당신을 잘 모르지만요
끝이 어딘지 모를 만큼 가라앉아 본 사람만이 아는
그곳에서 숨을 참아 본 사람만이 볼 수 있는
빛나는 그 무엇이 분명 있다고 믿어요.

32

아름답고 무용한 날들

어느 아침, 내 옆에서 세상 모르게 자고 있는 사람의 얼굴을 보며 새삼 당신이 참 낯설다고 생각했다. 이 여행을 시작할 때 나는 0이었는데, 너는 어디서 날아와 1을 더했을까. 우리는 어떻게 만나 0과 1을 무수히 더하며 의미를 만들어내고 있는 걸까. 본 적 없는 당신을 나는 뭘 믿고 지난밤 무방비한 채로 잠을 누웠을까. 사랑은 동반 수면의 욕구*라던데, 그것은 어쩌면 내 옆에 있는 사람이 완전히 무해한 존재라는 믿음에 대한 욕구가 아닐까, 잠든 당신을 보며 생각

* 밀란 쿤데라, 《참을 수 없는 존재의 가벼움》 중에서

했다.

벽난로가 있는 집은 처음이었다. 도미토리 생활만 하던 나는 언을 만나 처음으로 여행 중에 '집'이라고 부를 수 있는 공간을 갖게 되었다. 구불구불한 달동네 길을 숨차게 올라가야 닿을 수 있는 위치지만, 오히려 외딴 성 같아서 나는 마음에 들었다. 부엌에 난 창으로는 트빌리시의 전경이 한눈에 내려다보였고, 낡은 샹들리에가 달린 거실에는 넓다란 소파와 흔들의자가 한 귀퉁이를 차지했다. 거실 옆에 난 좁은 계단을 올라가면 침실로 쓰는 다락방이 나왔다. 우리는 대부분의 시간을 집에서 보냈다. 생산적인 일이라고는 하나 없는 무용한 시간들이었다. 정오쯤에 일어나 언이 만들어준 아침을 먹고, 다시 한숨 자고 일어나 저녁 메뉴를 궁리했다. 창문을 경계로 안과 밖의 시간은 다른 속도로 흐르는 듯했다. 하루종일 앉거나 누워 뒹굴다 배가 고파질 때쯤 저녁 장을 보러 아랫동네로 내려갔다.

유난히 노인과 아이가 많던 그 동네를 언과 나란히 걷는 시간이 좋았다. 그의 눈으로 보는 세상은 나의 세상과는 달랐다. 그는 나보다 시야가 넓고 귀가 밝아서 늘 내가 보지 못하는 것들을 들려준다. 내가 옆 건물 간판을 보고 있을 때 그는 간판 너머 골목에서 홀로 공을 차는 아이를 보고, 내가 울음 소리를 들은 것 같다 말하면 '저 울음은 억울할 때 나오는 울음인데'라며 주변을 두리번거린다. 나는 종종 언이 가진 그런 예민함이 부러웠다. 하지만 정작 본인은, 예민한 사람들은 대개 불면증을 앓는다며 나의 무딤이 부럽다고 말했다. 굳이 직접적으로 말하지 않아도 언에게는 내가 가진 것들을 긍정하게 만드는, 내 모양 그대로를 사랑하게 만드는 힘이 있었다.

이를 테면 이런 식이다. 언은 요리를 정말 잘 한다. 그냥 좀 하는 정도가 아니라 연어 스테이크, 순대볶음과 같이 자취 요리의 범위를 벗어난 음식들을 만든다. 그가 만든 요리를 맛보며 어쩜 이렇게 못하는 게 없냐고 칭찬하면, "요리는 마지막에 간 맞춘 사람이 다 한 거야"라며 내게 공을 돌린다. 정작 나는 마지막에 간장 조금 넣은 것밖에 한 게 없는데도. 원고를 넣은 출판사들로부터 아쉬운 메일을 받을 때마다 "이번 출판사도 좋은 작가 한 명을 놓쳤네"라며 나의 부족함을 가리고, 내가 어딘가에 부딪히거나 넘어질 때마다 "방금 좀 매력적이었다"며 키득키득 웃는다. 그의 옆에서 나는 모자람 없이 온전한 사람이었다.

돌이켜보니 그 집에서의 시간은 전혀 무용하지 않았다. 한 사람으로부터 무수한 돌봄과 사랑을 받는 일, 그리하여 내가 조금 더 단단해지는 일은 얼마나 생산적인가.

잠들기 전 우리는 종종 벽난로를 땠다. 효율을 생각했을 땐 보일러를 켜는 게 좋지만, 벽난로가 주는 안온한 분위기를 그 집에서는 누리고 싶었다. 장작에 불을 붙이고, 마시멜로와 귤을 구워 먹으며 우리는 마치 어린아이처럼 신나 했다. 그러나 타들어가는 장작들을 보고 있으면 조금 불안한 마음이 들기도 했다. 난로 앞은 뜨거우리만큼 온기가 가득하지만 조금만 물러서도 몸이 시려운 게 꼭 지금 우리의 사랑 같아서. 언이 떠난다면 나는 얼마나 불완전해질지 겁이나 그와 조금은 떨어져 지내는 게 좋겠다 싶기도 했다.

그런 생각들로 잠들지 못해 뒤척이는 밤, 잠귀가 밝은 언은 내가 등을 돌릴 때마다 꽉 끌어 안았다. 나는 그의 품이 갑갑해서 데굴데굴 굴러 침대 끄트머리에 웅크렸다. 그러다가 그곳이 너무 위태롭고 추워서 다시 데굴데굴 굴러 그의 곁에 살그머니 붙었다. 그 일은 아직까지도 반복하고 있다. 아마 우리가 만나는 한 계속될 것이다. 행복해하다, 불안하고, 그래서 멀어지고, 또 불안해져서, 돌아오며, 가끔은 그의 잠든 얼굴을 보며 낯설어할 것이다.

33

사랑의 모양

온 바다에 칠흙같은 어둠이 내려앉았다. 겹겹이 쌓인 파도만이 달빛을 받아 희멀겋게 빛난다. 먼 곳에서부터 하얀 선들이 차례대로, 끊임없이, 그러나 서두르지 않고 육지 쪽으로 밀려들고 있다. 선 하나가 달려들어 모래 틈으로 사라지면 또 다른 선이 뒤쫓아온다. 앞선 선이 스며든 자리까지 닿지 못하고 지워지기도, 그보다 더 나아가 새로운 자국을 남기기도 하며.

육지는 바다의 부딪힘들을 기꺼이 받아낸다. 닿고 싶은 자와 닿아지려는 자가 서로의 가장 바깥에서 손을 잡는다. 그 자리에 하얀 포말이 피어난다. 반짝이는 찰나에 사라진 순간들이 얼마나 많은지

그들은 모를 것이다. 사랑의 모양은 매 순간이 유일해서 형태가 없다.

그러나 오랜 세월 서로를 껴안은 흔적은, 해안선으로 여전히 남아 있다. 서로의 존재를 쉬이 받아들인 곳에서 해안선은 완만한 곡선을 그리고, 양보할 수 없는 곳에서는 뾰족한 모서리가 생겨났다. 사랑에 모양이 있다면 그토록 울퉁불퉁할 것이다.

해안선은 끊임없이 바뀌고 있다. 육지가 육지이고 바다가 바다인 이상, 그들이 만남을 시작한 이상, 그러니까 지금 이 순간에도. 절벽이 사그라들어 모래로 바뀌고, 모래가 굳어 단단한 땅이 될 때까지. 그때의 우리는 여전히 손을 맞잡고 있을까. 어떤 모양의 사랑을 하고 있을까. 그 모양을 확인할 때까지 당신과 오래 부딪히고 싶다.

아주 먼 미래 우리의 모습이 그날의 해안선을 닮기를 바란다.

34

포춘커피

오늘은 제가 매니저로 일하던 작은 카페에 대한 얘기를 하려 합니다. 보통의 카페보다는 좀 더 다정한 방식으로 운영되던 곳이었죠. 문 여는 시간도, 닫는 시간도 정해져 있지 않습니다. 날씨가 지나치게 좋은 날은 쉬기도 합니다. 직원들이 나들이를 가야 하거든요. 커피 메뉴는 단 하나, 브런치 메뉴는 날마다 다릅니다. 돈은 받지 않습니다. 대신 식재료를 받습니다. 식재료가 충분한 날은 아무것도 받지 않기도 합니다. 그런 가게가 어딨냐고요? 지금은 없습니다. 아니, 있을 수도 있습니다. 함께 카페를 운영하던 사람들은 모두 떠났지만, 또 다른 이들이 카페를 꾸려나가고 있을지도 모르니까요.

아무튼 저는 그 카페를 운영하며 인생에 가장 아름다운 한 철을 보냈습니다. '인생'이라는 말을 꺼내기엔 어린 나이란 걸 알지만요, 앞으로 그런 날들은 쉬이 오지 않으리란 걸 저는 그날들의 가운데서 뚜렷이 알 수 있었습니다.

어느 여름 저는 인도 최북부 '라다크'라는 곳에 살았습니다('레'라는 새로운 이름이 있지만 어쩐지 저는 '라다크'라고 부르기를 더 좋아합니다). 설산으로 둘러싸인 고원에 신기루처럼 올라서 있는 마을이죠. 아마 인도에서 가장 하늘에 가까운 마을일 것입니다. 들여다보면 볼수록 눈이 시린 하늘과, 잘 익은 과실처럼 뚝뚝 떨어지는 햇살을 만난다면 당신도 절로 고개를 끄덕이게 될 겁니다. 카페는 제가 머물렀던 숙소에 있었습니다. 옥슨힐. 풀이하자면 '소들의 언덕'이라는 이름인데요, 거친 언덕길을 소처럼 군세게 올라가야 만날 수 있는 외딴 숙소입니다.

저는 그 숙소의 부엌에서 지냈습니다. 정확히 말하자면 부엌과 붙어 있는 거실의 소파에서 말이에요. 하룻밤에 약 1,500원으로 아마 전 세계를 통틀어 가장 싼 잠자리일 겁니다. 낮에는 숙박객들을 위한 로비로, 밤에는 돈 없는 여행자들을 위한 침실로 쓰이는 곳이죠. 그 점이 매력적이었습니다. 활짝 열린 공간이라 한 지붕 아래 사

는 식구들을 하루종일 봐야 했으니까요. 소파 세 개 사이에 놓인 작은 테이블, 그곳이 우리의 카페였습니다. 저를 중심으로 왼쪽과 오른쪽의 소파에서 묵었던 이들이 점장과 직원이었는데요, 앞으로 편의상 그들을 요정과 작가라고 칭하겠습니다. 저희 카페의 내력을 소개하려면 먼저 이들과의 만남을 이야기를 해야 할 듯합니다. 참 신기하고 귀한 인연이죠.

작가라는 사람은 2년 전 바라나시에서 처음 만났습니다. 만났다기보다는 스쳤다는 말이 어울리겠습니다. 저는 작가를 알아봤지만 작가는 저를 알아보지 못했기 때문입니다. 평소 그의 글을 참 좋아했습니다. 그런 그가 바로 앞에서 식사를 하고 있는데 흘끔흘끔 쳐다보기만 할 뿐 차마 다가가 말을 걸 수는 없었죠. 그런데 바라나시는 정말 좁더군요. 저의 딱한 사연을 누군가 작가에게 전해주었고, 그가 먼저 저에게 연락을 주었습니다. 하지만 그때는 이미 제가 바라나시를 떠난 뒤였습니다. 이 상황에서 그가 무슨 말을 더 이을 수 있을까요. 그 작가는 참 작가스러운 말을 했습니다. 만약 당신이 이집트 다합이란 곳에 가게 되거든, 그곳에 사는 요정을 찾아보라고. 자신의 가장 친한 친구이자 제가 참 좋아할 사람일 거라 덧붙이면서요.

그 말을 듣고 저는 이집트로 가게 됩니다. 다합에 도착한 지 사흘 정도 지났을까요, 저는 바닷가를 거닐다 요정을 단번에 알아볼 수 있었습니다. 그는 한 무리의 여행자들과 왁자지껄 떠들며 반대편에서 걸어오고 있었습니다. 요정에 부합하는 외관은 아니었는데 말입니다. 뾰족한 귀와 친근한 몸매와 선한 웃음이 꼭 요정 같았습니다. 난데없이 그에게 다가가 물었습니다. "혹시 요정이세요?" 그는 까르르 웃으며 어떻게 알았냐며, 저의 이름을 물었습니다. 알고 보니 작가가 요정에게도 저를 찾아보라는 말을 전했더군요. 마침 숙소의 베드버그에 시달리던 저는 그가 지내는 숙소로 옮기기로 했습니다.

4년째 세계 여행 중이던 요정은 제가 본 사람 중에 가장 요정이라는 단어에 어울리는 사람이었습니다. 왜, 특유의 화사한 생명력으로 주변의 온도를 높이는 사람 있잖아요. 사람, 음식, 음악. 삶이 풍요롭기 위해서는 이 세 가지가 중하다는 것을 그는 익히 알고 있는 듯했습니다. 그는 정성껏 차린 끼니를 식구들과 나누기를 좋아했습니다. 바람이 좋은 날은 바닷가 찻집으로, 별이 많이 뜬 날은 옥상으로 이끌었습니다. 이 모든 순간과 순간 사이는 적절한 음악이 이어주었습니다. 나와 타인과 세상이 좀 더 긴밀하게 연결되었던 곳. 저는 다합을 그렇게 기억합니다.

요정이나 저나 본디 오늘만 사는 사람인지라 재회는 어렵지 않았습니다. 다합을 떠난 지 1년 후, 그가 마침내 지구를 한 바퀴 돌아 인도를 여행하고 있다는 소식에 저 또한 인도로 날아갔던 것이지요. 옥슨힐로 말이에요. 22년에 한 번 만났으니 살면서 4번은 더 만날 수 있을 거라던, 헤어지기 전날 엉엉 우는 저를 달래주었던 그의 마지막 말이 무색해진 만남이었죠. 그 여름 요정을 다시 만나고 저는 그간 비워져 있던 삶의 조각들을 다시 채워 넣었습니다. 매 끼니 음식을 만들어 먹고, 종종 산책을 하며 점차 여행의 리듬을 찾아갔습니다. 그러던 어느 날 아침엔 작가가 도착해 짐을 풀고 있더군요. 둘이 함께 있는데 어떻게 안 올 수 있겠냐고. 이렇게 말하니 인도가 마치 전라도나 경상북도 같은 어느 도 정도에 지나지 않는 것 같네요.

커피를 좋아하고 무척 섬세하다는 점에서 요정과 작가는 닮았습니다. 아침잠이 많은 제가 침낭 속에서 뭉그적대는 동안 그들은 재즈를 틀고 물을 올려놓았죠. 낡은 커피포트가 달그락거리는 소리에 잠이 깨면 테이블 위엔 물컵 세 개와 커피믹스 한 통이 보였습니다. 매일 아침 이 소담스러운 정물화를 보는 것이 그 시절 저의 가장 중한 소원이었습니다. 요정이 툭툭, 무심하게 숟가락으로 커피 분말을 퍼 담아 만드는 커피는 또 어찌나 맛있던지요. 아마 각자 좋아하는 물 양을 어림잡아 기억하고 있던 탓일 겁니다. 세 잔에서 시작된 커피는 날마다 잔이 늘었습니다. 숙박객들이 눈을 비비며 거실로 내려올 때

마다 "커피 한잔 할래요?"라 물었으니 식구가 늘 수밖에요. 식구들은 보답으로 또 다른 커피믹스를, 혹은 점심을 위한 식자재를, 때로는 빵과 잼을 사 왔습니다. 그러다 보니 어느 틈엔가 저는 매일 아침 토스트를 굽고 있더군요.

블랙커피만 마시던 우리에게도 가끔은 별미가 있었는데요, 그건 바로 요정이 긴 여행 동안 틈틈이 한국인들로부터 받아 모은 '맥모골'이었습니다. 맥심 모카 골드. 전형적인 한국식 커피믹스 말이에요. 워낙 귀한 별미인지라 내주는 방식 또한 남달랐습니다. 요정은 커피믹스마다 그날의 운세 비슷한 것을 적어놓고는 한 사람씩 돌아가며 뽑게 했습니다. 커피믹스에 적힌 문구에 따라 어떤 날은 왠지 더 행복한 날, 어떤 날은 왠지 집에 가고 싶은 날이 되기도 하였죠. 특별한 문장도, 대단한 맛도 아니었지만 그가 건네는 커피믹스는 일종의 심리적 허기를 달래주었습니다. 참 이상하죠. 직장인들의 애환을 상징하는 커피믹스가 여행 중에는 이렇게 달콤한 위안을 주다니. 우리의 작은 일상을 지키는 힘은 아마도 누군가의 소소한 마음 씀씀이에 달려 있는지도 모르겠습니다..

매일 아침 요정이 나눠주는 크고 작은 마음들을 먹으며 저는 어떤 공동체 생활을 꿈꿨습니다. 나이가 들어서 언젠가는 이렇게 하늘

높고 물 맑은 곳에서 따뜻한 사람들과 작은 마음을 나누며 살고 싶다는. 넘치지는 않지만 모자라지도 않게. 다만 약간의 섬세함으로 서로의 오돌토돌한 부분들을 돌보면서. 그날이 언제가 될지는 모르겠지만 장소는 라다크였으면 좋겠습니다. 소들의 언덕이 아닌 프랜차이즈들의 언덕에서 지내며 커피믹스보다 바닐라 라떼를 더 자주 마시는 요즘 저는 그곳이 많이 그립나 봅니다.

35

추억과 별

추억과 별은 닮았다.

우리는 그것들로부터
아득히 떨어진 곳에서만
감상할 수 있기 때문이다.

3부

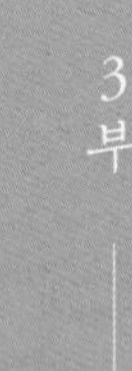

작고 느린 —— 걸음으로

36

도착

저희 항공기는 곧 일상에 착륙하겠습니다.

현지 시간은 조금 느리게 흐르며

온도는 뜨겁진 않겠습니다.

내리실 때엔 잊으신 추억은 없는지

다시 한번 자리를 확인해주시길 바랍니다.

37

식어가는 날들에 최선을 다해줘

편식이 심한 탓에 절반을 채 넘기지 못하고 덮어버린 소설이 많다. 주인공에게 도무지 정이 안 가서 덮었고 줄거리가 기억나지 않아 펼치지 않았다. 아, 문장이 너무 가볍거나 혹은 무거울 때도. 부끄럽지만 참 다양한 이유로 많은 이야기의 결말을 묻어버렸다. 하지만 책의 절반까지 오는 데에 성공한다면 대개는 끝까지 읽는다. 입맛 없는 날 억지로 밥숟갈을 드는 심정으로 더디게 읽던 책도 중간을 넘어가면 빠른 속도로 읽힌다. 문장이 나를 끌고 달려갈 때도, 나를 놓고 달아날 때도 있지만 여하간 책장을 덮고 숨을 고르는 시간은 묘한 쾌감을 준다.

책장을 넘길수록 이야기가 잘 읽히는 건 그 세계에 익숙해져서이기 때문일 것이다. 현실과 소설 사이의 문턱에서 발을 떼는 순간 낯선 것은 더 이상 낯선 것이 아니기 때문에. 편집된 묘사와 몇몇 대사만으로 온 힘을 다해 알아가던 첫만남을 지나 인물에게 나름의 역사가 씌어지는 순간, 나의 집요했던 시선은 조금은 헐거워진다. 극의 긴장감은 고조되지만 문장을 쫓는 긴장감은 떨어진다. 날카롭게 꽂히던 문장들이 어느 시점부터는 온순하게 다가온다. 그래서인지 책의 뒷부분보다는 앞부분에 밑줄 그은 문장이나 모서리가 접힌 페이지가 많다. 노트에 필사된 문장들도 대부분 앞에서 건진 것들이다.

읽을 페이지보다 읽은 페이지가 더 많아질 때. 적당히 식은 커피처럼 쓴맛은 가라앉아 들이키긴 좋지만 향이 날아가 아쉬울 무렵은 여행에서도 찾아온다.

한 도시에 오래 머무르며 여행할 날보다 여행한 날이 더 많아질 무렵이 그렇다. 시시때때로 가방을 여미며 주변을 경계하는 것도, 행인들의 표정을 살피며 인심을 읽으려 하는 노력도 어느 시점을 지나면 그만둔다. 황홀하기까지 하던 색색깔의 지붕과 이국적인 거리도 집 앞 풍경에 지나지 않게 된다. 자주 가는 카페와 자주 찾는 음식이 생긴다. 따라서 집 밖으로 발을 내딛기만 하면 두근거리던 가슴도, 음식을 주문시킬 때마다 달싹이던 입술도 차츰 시들해진다. 카메라는 놓은 지 오래. 매일이다시피 업데이트하던 sns도 손이 잘 안 간다. 느지막이 일어나 아점을 만들어 먹고 노트북 좀 두드리다 동네 한 바퀴 돌면 하루가 다 가는, 일정한 패턴을 갖게 된 여행 후반의 일상은 중반부를 넘긴 소설처럼 빠르게 넘어간다.

시간은 사건의 축적이라는 말이 있다. 더 구체적으로 말하자면 '기억할 만한' 사건들의 축적. 익숙해진 시간들이 그토록 빠르게 지나가는 이유는 그 시간들이 더는 특별하게 느껴지지 않기 때문일 것이다. 하지만 자극적이지 않은 하루하루라도 쌓이다 보면 진한 이미

지로 남는 법. 여행에서 돌아와 이따금씩 툭툭 떠올라 감상에 젖게 만드는 건 바로 그 평범한 일상이다. 장보고 돌아오는 길 잊지 않고 사던 꽃 한 송이, 낡은 도시 사이사이로 스며들던 노을의 빛깔, 벽난로 속 장작이 타들어가는 소리같이 지금은 없고 그때는 있는 그저 그런 일상의 부분들. 행복이란 것은 무언가 많이 채워져 있을 때가 아니라 어느 하나 모자람 없을 때 찾아온다는 진실을 행복의 한가운데서 떠올리기는 어려운 일이다.

그리하여 또다시 떠나고 돌아오길 반복할 나에게 하고 싶은 말은, 식어가는 날들에 최선을 다해달라는 것. 네가 불안해하는 그 감정이 지나고 보면 나태함이 아니라 나른함이며, 지루함이 아니라 충만함이라는 사실을 기억해달라는 것. 너의 그 소중한 하루를 좀 더 아껴달라는 것. 훗날 추억을 꺼내 펼쳤을 때 모서리가 접힌 기억들이 많도록 말이다.

38

선인장의 꽃

언과 함께한 아름답고 무용한 날들엔 한 가지 생활 수칙이 있었다. 하루에 꽃을 한 송이씩 사는 것. 꽃은 대개 특별한 날에 특별한 사람에게 주는 거니까, 사는 것만으로도 기분이 좋아지는 것이었다.

우리가 늘 장을 보던 마트 앞에는 매일같이 꽃시장이 열렸다. 처음엔 생화들이 발산하는 향기에 이끌려 한 송이를 샀는데, 병에 꽂아 테이블에 두니 그 한 송이가 공간에 불어넣는 생기가 대단했다. 여러 송이가 어우러져 있으면 더 예쁘겠다 싶었지만 한 번에 한 송이 이상으로 사진 않았다. 좋아하는 사람과 손을 잡고 꽃들 사이를 걷는 행

복을 매일 누리고 싶어서였다. 행복한 일들을 조금씩 나눠서 오래 유지하는 것은 내가 잘하고자 노력하는 일들 중 하나였다.

언은 매일 아침 꽃병을 창가로 옮겨 볕을 쬐게 해주고, 나는 시든 잎을 떼어내거나 꽃병에 물을 갈아주었다. 산소가 필요할까 싶어 구멍이 송송 난 돌멩이를 넣어주기도 했다. 그러나 꽃은 뿌리 없이는 견디기 힘들었나 보다. 머지 않아 수북한 꽃다발이 만들어질 줄 알았는데, 새로운 꽃들이 들어올수록 먼저 들어온 꽃들은 시들어버렸다. 결국 그 집을 떠날 때엔 세 송이밖에 남지 않았다. 남은 꽃들을 정리하며 나는 한국에 돌아가면 반드시 꽃은 화분에다 키워야겠다고 생각했다.

하지만 정작 한국에 와서는 함께 사는 고양이를 돌보느라, 오래 못 본 친구들을 만나느라, 그리고 그밖의 우선순위들에 밀려 꽃을 키워야겠다는 생각은 잊어버렸다. 거리를 걷다 꽃집 앞을 지날 때면 트빌리시의 꽃시장이 떠오르기도 했지만 꽃을 사는 행위까지 이어지지는 않았다. 꽃의 빛깔이 눈에 들어오기에 거리는 너무 화려하고, 도시의 잡다한 음식냄새는 꽃 향기가 퍼질 틈을 주지 않았다. 꽃집으로 걸음을 옮길 만한 마음의 여유도 내겐 없었다.

오래간 발길이 끊겼던 꽃집을 언과 다시 찾은 건, 첫 뮤지컬 공연을 올리는 친구에게 줄 선물을 사기 위해서였다. 생기롭고 통통 튀는 그녀에게는 화려한 생화가 어울릴 것 같았다. 그러나 꽃집에는 드라이플라워가 대부분이었다. 인디핑크, 버건디, 어텀 메이플… 꽤나 세련된 말로 포장되어 있지만 사실은 반쯤 죽은 색들이 가득했다. 생화는 냉장실의 파란 불빛에 핏기가 가신 채 따로 보관되어 있었다.

우리는 차라리 선인장을 사기로 했다. 활짝 핀 생화는 아무리 지극정성으로 돌보아도 시들 일만 남았다는 것을 경험으로 아니까. 언은 어렵긴 하지만 선인장도 잘 돌보면 꽃을 피울 수 있다고 했다. 그렇다면 더 의미있네. 아무도 기대치 못한 순간에 꽃피우면 더 근사할 거야. 무튼 그런 이유로 꽃을 잘 피울 수 있는 선인장을 골라달라 하니 아주머니께서 손사래를 치며 하시는 말,

선인장에게 꽃은 독과 같아서 오래 키우려면 꽃봉오리를 떼어주어야 한다는 것.

그 말을 들으니 오늘 무대에서 피어날 꽃 한 송이가 생각나 가슴이 얼얼했다. 과연 꽃은 꽃에게 이로운 것일까. 찬란하게 피기 위해 바지런한 것들은 모두 조금씩 썩어가고 있는지도 모르겠다. 속까지 바짝 말리는 볕에 무릎이 풀리고 가끔 찾아오는 단비에 다시 일어나길 되풀이하다 마침내 꽃을 피운 순간, 딱딱하게 굳은 껍질 안에는 얼만큼의 아픔이 고여 있을까. 겨우 피워낸 꽃을 유지하기 위해 또 얼마나 많이 애를 써야 할까.

선반 위에 줄지어 선 선인장들을 훑어보다, 꽃은 피우지 못하더라도 그저 오래 친구의 창가를 지켜주길 바라는 마음으로 가장 건강해 보이는 선인장을 골랐다.

39

선생님 전상서

뉴욕의 밤은 어떻습니까 선생님. 그곳도 서울처럼 잠들지 못한 도시의 불빛에 하늘이 불그락푸르락 합니까. 밤이란 자고로 하루를 최대치로 살아낸 사람에게 주어지는 보상이 되어야 할 텐데요. 도시의 사람들은 아무래도 밤을 박탈당한 것 같습니다. 오늘처럼 밤이 밤 같지 않은 밤엔 선생님과 올랐던 카즈베기 산자락의 짙은 밤하늘을 생각합니다.

사실 저는 선생님께서 정말로 세계여행을 떠나실 거라고, 더군다나 그 여정 중 일부를 제가 함께할 수 있으리라고는 생각도 못했습니다. 저를 볼 때마다 "나도 너처럼 세계를 보고 싶구나" 하셨던 말씀은 그저 훌쩍 커버린 제자를 위한 격려 또는 옹호 정도로 받아들였습니다. 20대인 저조차도 가끔은 여행을 견디기 힘들 때가 있는데, 60대이신 선생님께서 나라를 옮겨다니며 게스트하우스 생활을 하는 게 어디 쉬운 일인가요. 선생님께서 제가 일하기로 한 터키의 게스트하우스에 먼저 도착하셨다는 말을 들었을 때, 벅차오르는 가슴 한편으로는 걱정이 들기도 했습니다.

막 숙소에 도착해 선생님을 뵀던 날이 떠오릅니다. 인도의 때가 잔뜩 묻은 저를 보고 우선은 밥부터 먹자고 하셨지요. 이상하게 그 순간만큼은 하나하나 다 기억이 납니다. 저를 기다리느라 하루종일 굶었다며 장난스럽게 투덜대던 목소리도, 숙소 사장님께 저를 잠깐 데리고 나가도 되겠느냐고 물으며 눈치를 보던 표정도, 숙소를 빠져나오며 사장님이 예민한 분이니 꼼꼼히 일하라고 일러주시던 것도. 오랜만에 뵌 선생님은 말이 조금 늘으셨던 것 같습니다. 숙소 생활은 괜찮으시냐고 묻자, 오랜만에 젊은 친구들과 어울리니 즐겁다고 말하시는 선생님을 보며 저는 괜한 걱정을 했다고 생각했습니다.

그날 처음으로 맛본 터키의 케밥은 무척 맛있었습니다. 아예 케밥의 정의를 바꾸어주었죠. 이제까지 고깃덩이가 빵으로 둘둘 싸인

KAYA PANSIYON

샌드위치만 케밥인 줄 알았습니다. 그런데 얇게 저민 고기, 토마토 소스에 절인 바게트, 요거트의 조합이라니. 케밥의 세계는 넓고도 다채로웠습니다. 식사를 하며 선생님은 자랑스럽게 말씀하셨죠. 제가 없는 동안 몇 번이나 혼자 식당에 와서 케밥을 주문시켰다고. 홀로 식당에 앉아 밥을 먹는 건 한국에서는 있을 수 없는 일이었다고. '디스 앤 디스'를 더듬더듬 발음하며 주문을 시켰을 모습을 상상하니 괜시리 웃음이 나왔습니다. 아마 선생님께서 선생님이 아닌 모습은 처음이라 그랬던 것 같습니다.

돌이켜보니 이스탄불에서 선생님은 한 번도 선생님이었던 적이 없었습니다. 함께 골목을 걸을 땐 호기심 많고 사진 찍기를 좋아하는 여행자셨고, 숙소에서는 행여나 제가 사장님께 혼나진 않을까 노심초사하는 어머니셨죠. 그리고 잠이 들기 전까지 수다를 속닥일 수 있는 제 가장 친한 친구셨습니다. 아, 저를 따라 이스탄불로 온 제 애인에게는 엄한 장모님이기도 했겠네요. 처음으로 셋이 와인을 마시던 날, 애인에게 나이와 직업과 사는 곳을 꼬치꼬치 물으며 경계하시던 모습이 생각납니다. 선생님은 기억하실런지요. 술이 아딸딸하게 오를 때면 항상 그에게 저를 얼만큼 좋아하냐고 물었던 거. 내 딸과 같은 제자이니 꼭 오래오래 아껴주고 사랑해주라고 일러주시던 거. 제 얼굴을 쓰다듬으며 엄마라고 불러보라고 하셨을 때엔 왈칵 눈물을 쏟을 뻔 했습니다.

참 많은 와인을 마셨고 참 많이도 애기를 나눴지요, 선생님. 또 많이도 울었지요, 우리는. 처음으로 선생님께서 눈물을 보였던 날, 저보다 어른인 사람의 눈물은 처음이라 무게부터 다르게 느껴졌습니다. 황혼의 상처는 아마 제 것보다 더 붉고 진하겠지요. 그 아픔이 어느 정도일지 저는 짐작도 할 수 없습니다. 다만 어깨로 당신의 눈물을 받으며, 손으로 뒷통수를 감싸며 새삼 당신이 참 야위었다고 생각했습니다. 그때 저는 무심코 '그래도 여기까지 오시지 않았냐'고 되풀이했던 것 같은데, 그 말이 외롭게 느껴지지는 않으셨는지요. 그 많은 상처를 안고도 여기까지 오셨으니 선생님은 강한 사람이라고 말하고 싶었는데, 말이란 게 정작 필요할 때는 도통 마음처럼 나오지를 않더군요. 언젠가 제가 좀 더 나이가 들어 선생님과 비슷한 농도의 상처를 갖게 된다면, 그때는 좀 더 심장 가까이 선생님을 안을 수 있을까요.

선생님과 함께 산을 오르고 싶었던 건 그때부터였습니다. 스스로 여리다고, 겁이 많다고 말하는 선생님이 사실은 그렇지 않다는 걸 깨달았으면 했습니다. 이스탄불에서 한 달을 같이 지내고서도 선생님과 등산을 하지 못한 게 못내 아쉬웠습니다. 그런데 우리가 함께

하지 못한 게 어디 등산뿐인가요. 숙소 일이 많으니 괜찮다 말씀하셨지만, 사실 사랑에 눈이 멀었던 것이죠. 하루도 온전히 선생님과 시간을 보내지 않았던 게 저는 지금도 미안한 마음입니다.

조지아에서 선생님을 다시 만나고, 카즈베기 산을 오르지 않겠느냐는 저의 제안을 받아들였을 때는 조금 놀라기도 했습니다. 제 기억으로는 동네 뒷산도 오르지 않던 분이셨으니까요. 켜켜이 눈이 쌓인, 보기만 해도 눈이 시린 그 산은 저조차도 바라보기 아찔했으니까요. 그래도 선생님은 꿋꿋이 오르셨습니다. 빙판에 미끄러지면서도, 길을 잘못 들어 절벽처럼 가파른 길을 두 발과 두 손으로 간신히 오르면서도, 선생님은 줄곧 웃으시며 저의 모습을 카메라에 담으셨죠. 내가 너랑 아니면 언제 이런 산을 올라보겠냐면서. 선생님, 그때 저는 비로소 조금 자란 것 같았습니다. 유년시절 저를 이끌어주셨던 분의 손을 잡고 조금 더 높은 곳을 향해 오르던 그 길에서요.

그동안 선생님껜 비밀로 했던 이야긴데요, 사실 저는 선생님의 공부방에 다니던 시절엔 문학이 재미 없었습니다. 책을 읽는 건 지루하고 글 쓰는 것은 지독히도 싫었습니다. 그래서 매주 숙제로 내주셨던 책은 읽지도 않은 채 정작 수업 때는 엉뚱한 주제로 글을 쓰곤 했죠. 결석도 자주 하고 매번 지각을 하면서도 그만두지 않았던 건, 선

생님 집에는 신기한 것들이 많아서였습니다. 책장에 꽂힌 디비디들을 보며 세상에 재미있는 영화가 참 많다는 것을 알게 되었고, 거실 한 켠에 놓인 트럼펫과 기타와 오르간을 만져보며 세상엔 이런 소리도 있다는 걸 알게 되었습니다. 그리고 선생님의 작업실에 진열된 그림들을 보며 무언가를 표현하는 방식이란 참으로 다양하다는 것을 배웠습니다. 놀이터와 만화영화가 유일한 세계였던 저에게 더 넓은 세계를 열어주셨죠. 음악과 영화와 글쓰기에 기대어 살아가는 지금의 저는 그 시절 선생님이 만들어 주셨다고 믿습니다.

그런 선생님의 손을 잡고 마침내 정상에 다다랐을 때, 눈앞에 펼쳐진 새하얀 설원, 산 아래를 알록달록하게 채운 지붕들, 그런 것들은 제게 별로 감동을 주지 못했습니다. 아이처럼 환히 웃는 선생님을 보며 평생 두고두고 떠올릴 법한 풍경을 보여드렸다는 게 너무 기뻐서 말이에요. 어쩌면 각자의 우주는, 서로가 서로에게 새로운 세계를 열어주는 방식으로 좀 더 넓어지고 아름다워지는 것이 아닐까요.

제가 한국으로 돌아가던 날 아침, 선생님께서는 아침 식사를 차려주시며 이런 말씀을 하셨죠. 지금껏 단 한 번도 나를 위해 아침상을 차려본 적 없다고. 매일 아침 끼니를 때우기 바빴는데, 홀로 여행을 하며 자기를 챙기는 게 얼마나 중요한 일인지를 깨달았다고 말입니다. 된장찌개에 파를 썰어넣으며 흘리듯 건넨 말씀이지만 저는 그 말이 내내 마음에 일렁였습니다. 저 또한 스스로를 위해 온전한 한 끼 한번 차린 적 없이 살아왔던 것 같아서요. 마음이 약해질 때마다 자신을 돌보기보다는 채찍질을 가하던 지난날들이 떠올랐습니다. 저는 여행에 치유의 힘이 있다고 믿습니다. 이 길의 끝에서는 선생님도, 저도, 자신을 망가뜨리지 않으면서 상처를 견디는 방법을 배울 수 있을까요?

미국은 지금쯤 아침이 밝았겠네요. 아침밥 꼭 차려 드시고, 무탈한 하루 되시길 바랍니다.

많이 보고 싶습니다, 선생님.

40

돌아오겠다는 말

공기가 어색해지면 아무 말이나 내뱉고 보는 버릇이 있다. 누군가를 남겨두고 떠날 때 특히 그렇다. 얼마간 함께였던 그 공간에서 나의 흔적들을 갈무리할 때, 내 느린 동작을 바라보는 그의, 혹은 그녀의 눈을 침묵으로는 도저히 견딜 수가 없다. 그럴 때면 나는 지키기 어렵다는 걸 알면서도 어물쩍 말해버리고 마는 것이다. "걱정 마, 다시 돌아올게."

그 말을 처음 쓴 건 2년 전 인도에서다. 영화의 도시라고 불리는 뭄바이, 그곳에서 아리안과 반다나를 만났다. 발리우드 스타를 꿈꾸는 아리안의 이야기에 감동받아 나는 그의 이야기를 다큐로 만들기로 했고, 그렇게 일주일 동안 우리는 동고동락했다. 그들과의 마지막은 마치 발리우드 영화 속 한 장면 같았다. 반다나는 나를 버스정류장까지 오토바이로 태워주고는 일이 있어 바로 가야 한다며 내리길 머뭇거렸다. 시선을 어디에 놓아야 하는지, 어느 때에 돌아서야 하는지 몰라 허둥거리던 눈짓과 몸짓… 그런 것들이 엉킨 공기는 무척 무거웠던 걸로 기억한다. 한평생 뭄바이를 떠나본 적 없는 그들과 현지 친구를 처음 사귀어 본 나. 우리에게 이별이란, 특히 만남을 기약할 수 없는 이별이란 너무나 낯설고 어려운 것이었다.

그래도 그들은 갔고, 얼마 지나지 않아 버스는 출발했다. 몸은 시간에 등 떠밀려 갈라서버렸지만 마음은 쉽사리 떼어지지 않았다. 멀어지는 풍경을 보며 눈물이 찔끔 나려던 참, 차창 밖에서 내 이름을 부르는 목소리가 들렸다. 고개를 내밀어 확인하고서 나는 애써 참았던 눈물을 터뜨리고 말았다. 아리안과 반다나가 오토바이를 타고 버스를 쫓아오고 있었다. 정신 사나운 도로 위, 인도가 내는 온갖 소음들 속에서 아리안이 소리쳤다. "다큐멘터리가 완성되지 않아도 괜찮아. 우리가 함께 좋은 시간을 보낸 것만으로 나는 만족해. 정말 고마웠어. 잘 가." 여과 없이 쏟아져 나오는 진실한 말들은 내 안에서 이런 말을 만들어냈다. "꼭 돌아올게, 약속해."

그때부터였던 것 같다. 다시 만나지 못할 누군가를 떠날 때, 다시 오겠다는 말을 하게 된 건. 물론 떠나는 쪽이나 보내는 쪽이나 잘 알고 있다. 우리의 만남은 생에 단 한 번뿐일 가능성이 높다는 것을. 아무리 서로의 마음에 방 한 칸을 내주었다 해도 두 방 사이 떡 하니 벌어진 바다와 대륙 같은 것은 마음만으로 극복할 수 없는 것이다. 일상으로 돌아가면 나는 배낭이 아니라 현실을 둘러메야 한다. 그것으로 여행이 아닌 생활을 꾸려나가야 한다. 하지만 어떤 거짓말은 마취제 같아서, 내뱉는 순간 생각이 마비되어 현실적인 고려를 전혀 하지 않게 된다. 내게는 돌아오겠다는 말이 그렇다.

긴 여행이었다. 무수한 만남이 있었고 그 수만큼의 헤어짐이 있었다. 돌아오겠다는 말은 이별의 상황에 따라 모양을 달리했지만 어쨌거나 모두 너에게로 돌아오겠다는 말들이었다. 그중 몇 개는 이루어졌고 몇 개는 거짓말로 남았다. 그러나 거짓말은 정말 거짓일까. 다시 오겠다는 말은 다시 보고 싶다는 말인데. 돌아오고 싶을 만큼 너와의 추억이 소중했다는 말인데. 나의 거짓말 속에는 그 어떤 거짓된 마음도 없는데 이것은 정말 거짓말일까.

여행에서뿐만이 아니라 우리는 모든 이별의 순간에서 너무나 쉽게 거짓말을 사용한다. 마치 어떻게든 무마하려는 듯이, 어물쩍. 지금은 연애하고 싶지 않다는 말(그는 얼마 지나지 않아 다른 연애를 시작했다), 그래도 종종 얼굴은 보고 살자는 말(사실 나는 너를 다시는 만나기 싫다),

그 모든 거짓, 말. 물론 이런 류의 거짓말 안에는 진실이 없다고 하지만 진실에 가까운 거짓말이나 거짓에 가까운 거짓말이나 차이가 있을까.

진실한 말들만을 주고받기에는 너무 여린 우리가 언젠가는 이별 앞에서 꿋꿋할 수 있으면 좋겠다. 그럴 듯한 거짓말로 당장의 이별을 회피하지 않고, 차분히 서로의 눈을 바라보며 애도를 나눌 수 있으면 한다. 왜냐면 나는 앞으로도 숱한 사람들 속을 떠나고 돌아올 테니까. 매번 이런저런 거짓말로 생의 모든 이별들을 건너갈 수는 없는 일이니까. 그러니 이제는 누군가를 떠나갈 때 돌아오겠다는 말은 하지 않기로 한다. 대신, 너를 잊지 않겠다는 말을 전할 것이다.

41

인연

우주를 부유하던 씨앗 한 톨이
한 줄기 바람을 타고 이 땅에 내리는 일을
나는 인연이라 부릅니다.

척박하고 메마른 땅이 대부분인 세상인지라
품음직함 한 평을 만나 발아하는 일을
나는 기적이라 부릅니다.

그 아래에 무엇이 도사리는지도 모른 채
다만 어찌할 수 없는 힘으로 뿌리를 내리는 일을
나는 사랑이라 부릅니다.

그렇게 수많은 우리를 심으며
가슴속 숲을 넓혀가는 일을
나는 여행이라 부릅니다.

42

취향 지키기

영화 〈소공녀〉의 주인공 미소는 20대 가사도우미다. 보일러도 안 들어오는 쪽방에 살며 하루 치의 노동 값으로 하루만큼의 삶을 연장한다. 미소의 유일한 숨 쉴 틈은 담배를 태우는 시간과 일 끝나고 마시는 한 잔의 위스키. 집주인이 월세를 올리자 그녀는 담배와 위스키를 포기하는 대신 집을 빼기로 한다. 그렇게 미소의 여행이 시작된다. 매일 밤 자신을 재워줄 친구들을 찾아 떠나는. 그런 미소를 함부로 말하는 이에게 그녀는 말한다.

"나는 집은 없어도 생각과 취향은 있어요."

술이 있는 곳에 사람 셋이 모였다. 우리는 〈소공녀〉를 유심히 보았다는 점 외에도, 좋아하지만 돈 안 되는 일을 고집한다는 공통점이 있었다. 영화를 직업으로 하고 글을 취미로 쓰는 'M', 글을 직업으로 하고 영화를 취미로 보는 'H', 그리고 글쓰기를 직업으로 하고픈 나. 좋아하는 무언가를 위해 어느 정도의 안정감을 포기하고 산다는 점에서 우리는 모두 미소와 닮은 구석이 있었다. 앞다투어 먹고사니즘의 어려움을 토로하던 와중 M이 흥미로운 질문을 던졌다. 미소처럼, 집을 포기할 수 있을 만큼 우리에게 소중한 취향은 무엇인가.

M은 몇 가지 조건을 걸었다. 핸드폰이나 노트북 같은 현대인의 필수품 제외, 미소의 담배나 위스키처럼 꾸준히 섭취하지 않으면 안 되는 무엇이어야 할 것. 그러니까 굳이 없어도 살 수 있지만 그것이 없는 삶은 견딜 수 없는 그런 것.

H의 그것은 커피였다. 베를린에서 지내는 동안 아무리 생활비가 빠듯해도 하루에 에스프레소 한 잔은 꼭 마셔야 했다고. 글 쓸 때 연료로 쓰이는 와인 또한 빼놓을 수 없다. 그녀는 치열했던 베를린 생활에서 커피와 와인으로 자신의 품위를 지켰다고 말했다. 온종일 일하고 집에 돌아온 뒤, 책상에 앉아 와인을 따라놓고 글을 쓰던 H의 모습을 M은 기억한다고 했다. 물론 나 또한 기억한다. H가 베를린에서 지내던 때에 나는 그들과 안면식 없는 사이였지만 M이 만든 다

큐멘터리 속에서 H의 생활을 엿볼 수 있었다.

"연지 너는? 어떤 취향이 가장 소중해?"

질문은 내게로 돌아왔고 나는 히말라야를 떠올렸다.

여행 중 팔자에도 없는 트레킹을 한 건, 더군다나 산 중의 산인 히말라야를 트레킹을 결심한 건 바라나시에서 만난 '준' 때문이다. 당시 나는 바라나시에 체류한 지 3주가 넘어가고 있었는데, 하는 일이라곤 강 보며 멍 때리기 밖에 없던 터라 히말라야를 오를 거라는 준의 말이 매력적으로 느껴졌다. 그를 따라 홀린 듯 네팔행 기차에 올랐다. 지금 생각하면 뭘 믿고 따라갔나 싶지만 그에겐 사람을 끄는 힘이 있었다고 밖에 설명할 길이 없다.

히말라야 트레킹의 시작점인 포카라. 열흘간의 등산을 위해서 나는 배낭을 완전히 새로 꾸려야 했다. 다행히 그곳엔 나같이 준비되지 않은 등산객들을 위한 짝퉁 등산용품들이 많았다. 꼬리가 유난히 짧은 나이키라든가, 노스가 아닌 사우스 페이스 같은 상표가 그려진 등산화와 스틱을 싼 값에 샀다. 두꺼운 옷과 침낭, 당이 떨어질 때를 대비한 각종 초콜릿과 사탕, 입맛 없을 때 먹을 라면, 멋진 풍경을 담을 DSLR카메라, 그리고 자기 전에 읽을 《그리스인 조르바》까지 챙

겼다. 저울에 달아보니 배낭은 9킬로그램 정도 되었다. 반면 준의 배낭은 고작 6킬로그램이었다. 준은 고도가 높아지면 힘들어질 테니 짐을 좀 줄이라고 했지만, 나는 아무리 생각해도 뺄 수 있는 물건들이 없었다. 결국 우리는 서로의 덩치에 반비례 되는 배낭을 메고 산행을 시작했다.

처음 며칠은 몸 상태가 나쁘지 않았다. 울창한 숲의 피톤치드 냄새와 눈 덮인 안나푸르나 봉오리들이 코와 눈을 바쁘게 했다. 산이 주는 상쾌한 감각들에 마취되어 배낭이 무겁게 느껴지지 않았다. 인도에서 쌓인 독소가 빠져나가고 히말라야 산맥의 신선한 공기가 그 자리를 다시 채우는 듯했다. 진정 산사람으로 다시 태어난 기분이었다.

그러나 나흘째 되던 아침, 왼쪽 다리가 잘 움직이지 않았다. 건드리면 감각은 느껴지는데 원하는 타이밍에 다리가 움직이지 않는 것이다. 준과 내가 심각한 얼굴로 다리를 주무르고 있자 숙소 직원이 다가와 관절을 이리저리 짚어봤다. 그는 내 배낭의 무게를 물어봤다. 골반과 허벅지 사이 관절이 아픈 것을 보아 배낭의 하중이 문제인 것 같다 말했다. 나는 둘 중 하나를 선택해야 했다. 트레킹을 포기하든가, 짐을 줄이든가. 히말라야 첩첩산중에서 짐을 줄인다는 말은 곧 물건을 버려야 한다는 뜻이었다.

뒤늦게 나는 꼭 필요한 물건들과, 욕심으로 가져온 물건들을 분리하기 시작했다. 한 번도 손대지 않은 물건들이 몇 가지 있었다. 두꺼운 솜이 들어간 바지와 카메라, 책. 이것들만 해도 거의 배낭 무게의 반이었다. 바지는 쉽게 버릴 수 있었지만 카메라와 책을 버릴 생각을 하니 가슴이 쓰렸다. 조르바는 꼭 히말라야에서 만나고 싶었는데… 나는 왜 어리석은 데다가 욕심까지 많아서 늘 스스로의 덫에 걸리고 마는 것일까.

한참 자책하며 궁상을 떨고 있을 때 J는 이렇게 말했다.

"배낭의 무게는 책임져야 할 가치관의 무게라는 생각이 들어. 그 무거운 배낭을 지고 여기까지 왔는데도 책과 카메라가 남아 있으면, 그건 욕심이라기보다는 네 가치관인 거야. 가치관이 단단한 사람은 무너져도 금방 다시 일어나."

그 말을 듣고 돌이켜보니 정말 나는 카메라와 책에 의지해 살던 사람이었다. 카메라가 없었다면 여행을 하다 자주 무기력에 빠졌을 것이고, 책이 없었다면 새로운 것들을 받아들이느라 방치된 마음을 돌보지 못했을 것이다. 히말라야라는, 내가 살아온 곳과 완전히 다른 세계에 들어서며 카메라와 책을 챙기는 것은 어쩌면 당연한 일이었다. 과욕의 대가라고 생각했던 짐들이 사실은 나의 가치관이라 생각하니 어쩐지 든든한 기분이었다. 다시 힘이 솟았다.

그렇게 소중한 내 가치관들을 이대로 버릴 수 없었다. 재빨리 머리를 굴려 카메라와 책을 지킬 방법을 찾아봤다. 아무리 산 중턱에 있는 산장이라지만 식량을 운반할 트럭은 다녀갈 것이다. 카메라와 책을 물류 트럭에 실어 포카라로 먼저 보낼 수는 없을까? 직원에게 물어보니 그는 기꺼이 그러도록 도와주겠다 했다. 트럭 기사 편으로 보내줄 테니 무거운 짐은 두고 가라고 말했다. 중간에 유실되진 않을까 걱정이었지만, 어차피 버려야 했던 물건들이라면 사람을 믿어보는 편이 나을 것 같았다.

덕분에 우리는 해발 4,516미터의 봉우리를 지나 무사히 트레킹을 끝냈고, 나는 포카라에 도착해서 카메라와 책 또한 되찾을 수 있었다.

포카라에서의 마지막 날, 준과 나는 삼겹살을 구워 먹으며 소소하게 뒤풀이를 했다. 진한 고생을 함께 겪어낸 사람과 먹는 삼겹살의 맛은 이제껏 먹은 모든 삼겹살을 통틀어 최고였다. 그는 내가 생각보다 미련하고 허점이 많아 걱정이라고 했다. 다음 일정인 아프리카에서는 히말라야보다 더한 일들이 많을 거라며. 그러나 그는 이내 머리를 저으며 말했다.

"그래도 넌 문제 없을 거다. 아니, 문제가 있더라도, 약간의 지혜가 있으니까 금방 해결할 수 있을 거야. 히말라야에서 그랬듯이

말이야."

허말라야의 기억을 닫으며 이런 생각을 했다. 취향을 지키며, 나를 지키며 살아가는 일은 무거운 배낭을 메고 산을 오르는 일만큼이나 버거울 것이다. 그래도 내겐 적당한 미련함과 약간의 지혜(라고 불리는 잔머리)가 있으니 다행이다. 어쩌면 그건 무기가 아닐까. 소중한 취향들을 미련하리만큼 끌어안고 버티다가, 때로는 그것이 내 발목을 잡아 넘어지더라도 약간의 지혜를 발휘해 재빨리 일어날 것이다. 그런 방식으로 좋아하는 것들을 오래 좋아할 수 있으면 좋겠다.

43

돈과 시간,
그리고 사람

여행만큼 오로지 나의 힘으로 인생의 핸들을 잡을 수 있는 기회는 없다. 여행에 있어서 나는 나의 상사이자 부하이며 투자자다. 결정을 하는 동시에 수행해야 하며 결과에 따른 손익을 감수해야 한다. 그 때문에 지독한 선택 장애가 있는 나는 무엇을 먹을지부터 어디를 어떻게 가야 할지까지, 그 모든 자잘한 선택지 앞에서 언제나 주춤거린다. 특히 양립될 수 없는 가치들이 충돌할 때면 너무 혼란스러운 나머지 어디론가 숨고 싶은 기분이 들기도 한다.

가장 흔하게 맞닥뜨리는 두 가지 가치는 바로 '돈'과 '시간'. 그래도 이 문제는 비교적 쉬운 편이다. 시간이 없으면 돈을 쓰고 돈이 없으면 시간을 쓰면 된다. 풀리지 않을 것 같은 난제도 결국엔 통장 잔고가 해결해준다. 하지만 여기에 '사람'이라는 변수가 끼어들면 문제는 더 복잡하고 어려워진다. 돈과 시간, 그리고 사람. 이 세 가지 꼭짓점이 아름답게 삼각형을 이루면 좋으련만 어쩐지 내가 마주한 선택지들은 한쪽 면이 무너져 있기 일쑤였다.

스물한 번째 여름, 군데군데 도마뱀이 액자처럼 걸려 있는 탄자니아의 어느 호텔에서 나는 극심한 불안에 시달리고 있었다. 며칠 전까지만 해도 새하얀 백사장에서 우쿨렐레를 튕기고 있었는데… 동행 D가 무척 아끼는 카메라를 떨어뜨리며 그곳에서의 평온과 행복도 한순간에 깨져버렸다. 도망치듯 홀로 섬을 빠져나왔다. D는 함께 가주겠다 했지만 그녀의 낙담한 얼굴을 계속 볼 자신이 없었다. 재빨리 카메라를 고치고 웃는 얼굴로 일행들을 마주하고 싶었다. 물론 내가 향할 도시가 아프리카에서 제일 위험한 곳으로 손꼽힌다는 것은 도착하고 나서 알게 된 사실이다.

낮에는 푹푹 찌는 더위 아래 카메라 수리 센터를 전전하고 해가 지면 호텔로 돌아와 벌벌 떨기를 사흘째. 가볼 수 있는 곳은 모두 가보았지만 결과는 한결 같았다. 영국에 있는 본사에 부품을 주문하고 받는 데에만 한 달이 걸린다는 것이다. 전문 수리 센터가 없는 탓이었다. 카메라를 수리할 수 있을 만한 곳은 저 아래 땅끝, 그러니까 나를 제외한 일행들의 최종 목적지인 남아프리카 공화국에 있었다. 하지만 그곳이라 해서 고칠 수 있으리라는 보장이 있나. 그리고 무엇보다 나는 돈이 없었고 너무나 지쳐 있었다. 호텔 밖으로 발을 뗀 지 다섯 걸음 채 안 돼서 들려오는 갖가지 인종 차별에, 거리를 가득 채운 매연과 먼지에, 그리고 이 모든 사태를 불러일으킨 스스로에게 진절머리가 났다.

태어나서 그렇게 많은 눈물을 쏟은 건 처음이었다. 내가 만들어낸 소음이 옆방에 들리든 말든 신경 쓰지 않았다. '내가 너희 나라에서 이렇게 슬퍼하고 있어'라고 온통 소리치고 싶은 마음이었다. 그렇게 한참 울음을 쏟아내니 과연 우리 몸의 70퍼센트는 수분이구나, 하는 알량한 깨달음과 함께 평온이 찾아왔다. 홀린 듯 핸드폰을 집어 이 나라를 뜰 수 있는 비행기 티켓을 알아봤다. 바로 다음날, 체코행 비행기가 말도 안 되게 싼 가격으로 올라와 있었다. 간신히 이성의 끈을 잡고 카메라 문제를 해결할 방법을 찾아보았다. 다행히 체코에도 본사가 있었고 수리 비용을 벌 만한 한인 민박들이 많았다. D와는 어차피 호주에서 다시 만나기로 했으니 체코에서 카메라를 수리하고 호주로 가는 건 어떨까. 길게 생각할 것도 없이 바로 비행기 티켓을 결제했다.

하지만 내가 미처 고려하지 못한 부분이 있었다. 다음날 비행기를 타면 일행들 얼굴을 보지 못한 채로 떠나게 된다. 이런 사정을 알

지 못하는 일행들은 단체 카톡방에서 나의 안위를 걱정하고 있었다. 한참 문장을 썼다 지웠다 하다 운을 뗐다. '언니들, 나 내일 체코가'. 노란 숫자는 줄어드는데 다들 말이 없었다. '체코에서 일하면서 카메라 고치려구.' 일행들은 처음에는 믿지 않았고 다음에는 혼란스러워하다 어떻게 한마디 상의도 없이 그런 결정을 할 수 있냐며 쏘아붙였다. 카메라는 내가 책임지고 고칠 테니 한달 후에 만나자고, 어차피 내가 같이 있어도 한 달 동안 카메라는 고칠 수 없는 거 아니냐고 스스로를 옹호했지만 말을 하면 할수록 화만 돋울 뿐이었다. 그러다 잠자코 있던 D의 한마디에 가슴이 내려앉았다. 네가 그렇게 가버리면 어떡해. 그럼 나는 카메라도 잃고 너도 잃게 되잖아.

나는 그제야 내 선택이 틀렸음을 깨닫고 머리를 쥐어뜯었다. 비

HOTEL
HOTEL
AMAN
Continental
HOTEL
SONU
BAR

용과 시간을 따지며 빨리 이곳에서 벗어나고 싶은 나머지 남겨진 사람들은 생각하지 못했다. 나는 티켓을 더 비싸게 끊거나 며칠 더 머무르다 비행기를 타는 한이 있더라도 그들의 얼굴을 보고 충분히 얘기를 나눴어야 했다. 시간과 돈은 어떤 식으로든 상호보완이 가능하지만 사람은 고유하다는 것을 알지 못했다. 무지의 대가는 가혹했다. 남은 탄자니아 돈과 함께 여러 장의 편지를 데스크에 남기고 떠났지만 감정의 골을 풀기엔 역부족이었다. 나는 결국 일행들과 다시 만나기 힘든 사이가 되었다.

몇 번의 멍청한 실수를 반복하고서야 나는 가치들이 부딪힐 때 좀 더 현명하게 선택할 수 있는 방법을 익혔다. '무엇을 선택했을 때 이점이 많은가'보다, '무엇을 포기했을 때 타격이 덜한가'를 기준으로 생각한다. 마치 남자를 만날 때 내가 좋아하는 면을 갖춘 사람보다 내가 싫어하는 행동을 하지 않는 사람을 만나라는 조언처럼. 조명의 각도를 틀어보는 것이다. 돈과 시간, 그리고 사람이 부딪혔을 때, 나는 무엇을 포기했을 때 가장 타격이 큰가. 무엇을 끝끝내 포기하면 안 되는가. 이제는 그에 대한 답을 너무나도 잘 알고 있다.

ps. 카메라는 해외에서 고칠 수 없어서 결국 D가 귀국 후 수리점을 찾았는데, 어이없게도 5분 만에 수리가 끝났다고 한다. 이 소식을 웃으며 전해준 D에게 무척 고맙고 미안한 마음이다.

44

유화와 수채화

마치 유화처럼,
조금씩 덧칠해가며 한 폭의 그림을 만들기 좋은 곳이 있다.
다시 찾을 때마다 '이전 만큼 좋을 수 있을까' 의심하며 발을 내딛지만
그곳은 늘 전보다 찬란한 색을 내어준다.

반면 마치 수채화처럼,
한번 스친 붓길로도 더없이 아름다운 그림이 되는 곳이 있다.
다시 붓을 대면 그림을 망칠까 겁이 나는 것이다.
그 풍경, 그 사람들, 그 노래들이 너무나 완벽해서
그냥 그대로 기억속에 놓아두고 싶은
더 이상 어떠한 붓터치도 필요치 않은
수채화처럼 투명한 행복이라 금세 깨어질까 겁이 나던, 그런 곳이 있다.

그곳은 오랜 시간이 지나도 지구 한 귀퉁이를 차지하고 있을 테지만
나는 절대로 다시 찾지 않을,
단지 기억으로만 되짚어 돌아갈 그런 곳이 있다.

45

나의 오야꼬동 레시피

나는 평소 요리를 즐기는 편은 아니지만, 여행에서 하는 요리는 좋아한다. 여행지에서의 요리는 단순히 생계를 위함이 아니라 마음을 나누는 일이기에. 도란도란 둘러 앉아 마늘을 까고 양파를 다듬다 보면 각자를 둘러싼 껍질도 함께 까지는 것인지, 하나둘씩 자신의 과거와 현재와 미래를 이야기하는 시간이 따스하다. 행여나 누구 입맛에 안 맞을까 돌아가며 간을 보는 순간은 두근거리고, 마침내 요리가 완성되었을 때 맛과는 상관 없이 탄성을 지르며 기뻐하는 시간이 즐겁다.

오야꼬동은 내가 할 수 있는 몇 안 되는 요리 중 하나다. 그 요리를 알려준 사람은 다합에서 만난 '충'이다. 그는 내가 만난 여행자들 중 가장 요리를 잘 하는 사람이자 마음을 나누는 일에 가장 품을 많이 들이는 사람이다. 게스트하우스에서 그를 처음 만났을 때, 숙소 스태프로 오해했던 것은 그가 언제나 요리를 도맡아 했고 새로운 얼굴들에게 먼저 말을 걸었기 때문이다. 한국으로부터 수 십만 킬로는 떨어진 다합에서 충은 온갖 요리를 다 해냈다. 양념치킨은 기본이요, 떡꼬치, 만두, 짜장면, 그리고 들리는 소문으로는 소 내장을 구해 곱창을 구운 적도 있다고 한다. 한국을 떠난 지 4개월 차였던 나는 충의 요리에서 어떤 갈증을 해갈하곤 했다. 음식에 대한 그리움보다는 외로움에서 비롯된 갈증이었다.

다합에서의 마지막 밤, 숙소 식구들을 모아놓고 충은 오야꼬동을 차려줬다. 닭과 달걀이 함께 들어 있어서 오야꼬동은 '가족'을 의미한다고 했다. 한 달 동안 함께 지낸 우리는 가족이었다고, 어디서든 건강하길 바란다고 충은 말했다. 파가 송송 올려진 오야꼬동은 적당히 달큰하고 지나치게 부드러웠다. 먹으면 먹을수록 자꾸만 목이 메이는 맛이었다. 음식으로 전해진 마음은 몸의 일부가 되어 오래 기억된다는 것을, 충은 오야꼬동이라는 음식으로 내게 알려주었다.

충과 헤어지고 여행을 계속하며 나는 기회가 있을 때마다 오야꼬동 만들기에 열심이었다. 양파와 닭을 손질해서 기름에 볶고, 간장과 설탕을 섞은 양념물을 부운 다음, 닭이 다 익을 때즈음 계란을 푸는 과정을 수 번 반복했다. 레시피 자체는 어렵지 않지만 나라마다 간장의 맛이 달라서 오야꼬동은 만들 때마다 다른 맛이 났다. 당연한 일이지만 그 어느 때에도 충이 해준 것만큼 맛있지 않았다. 그래도 가족이라는 의미가 좋아 정든 사람들에겐 꼭 오야꼬동을 해주곤 했는데, 함께 요리를 할 때마다 레시피는 점점 발전되었다. 파리에서 나를 스태프로 거둬주신 민박 사장님은 닭에 밑간을 하는 법을 알려주셨고, 산티아고 순례길에서 만난 아주머니는 스페인 향신료를 넣어 매콤한 맛을 더했다. 여행이 무르익어가며 오야꼬동의 맛은 점점 풍부해졌다. 마침내 한국에 돌아와 오래된 친구들에게 오야꼬동을 내놓았을 땐, 꽤나 진심 같아 보이는 감탄사를 들을 수 있었다.

언젠가 길 위에서 다시 만나자고 했던 충의 마지막 인사는 1년 후 인도에서 이루어졌다. 그는 전보다 살이 빠진 모습이었다. 운동을 하고 건강해져서 그렇다 했지만 나는 어쩐지 마음이 쓰여 그에게 얼른 오야꼬동을 먹이고 싶었다. 다합에서는 늘 그가 해준 요리만 먹었으니 이제는 내가 베풀 차례였다. 숙소에 식구들이 늘어나며 그들에 대한 마음 또한 조금씩 커져가던 어느 날, 마을에 있는 식료품들을

뒤져 오야꼬동에 필요한 재료들을 사왔다.

하필이면 그날 숙소에 전기가 나간 건 재앙의 전조였을까. 머리에 헤드랜턴을 끼고 요리를 하던 나는 간을 보고 도로 뱉을 수밖에 없었다. 간장이라고 생각했던 소스는 알고보니 간장과 비슷한 중국의 다른 향신료였다. 긴급처치한답시고 물을 더 넣고 설탕을 듬뿍 넣었는데, 오야꼬동은 결코 오야꼬동이라고 할 수 없는 맛으로 변해버렸다. 다급하게 전직 요리사였던 여행자를 불러 도움을 청했다. 그는 맛을 보더니 내가 만든 국물을 싱크대에 버리고 새로 간을 하기 시작했다. 찬장의 이런저런 가루들을 넣고도 답이 안 나왔는지 급기야 배낭에서 하얀 가루를 꺼내어 살살 쏟아부었다. 그것은 미림이었다. 그는 미림이 자기 요리의 비결이라고 했다. 다행히 그의 심폐소생술로 죽음의 문턱 앞에 섰던 오야꼬동은 다시 살아났다. 찜닭이라는 새로운 몸으로.

충은 그때의 오야꼬동을 아직까지 종종 얘기한다. 그 오야꼬동 참— 맛있었다고. 나는 그 말을 믿지 않는다. 오야꼬동은 정말 맛이 없었기 때문이다. 충은 아마 그때의 내 허둥거림과, 나를 보는 식구들의 웃음과 격려, 그리고 서로에게 계란을 양보하며 음식을 나누던 그 순간이 맛있었던 게 아닐까. 이제껏 한 번도 혼자 힘으로 오야꼬동을 완성하지 못한 나는 이렇게 생각한다. 오야꼬동은 혼자서는 할 수 없는 요리, 혼자 먹어서는 맛이 안 나는 요리라고. 그러니 나의 오야꼬동 레시피는 영원히 미완으로 남을 것이다. 마지막 한 수는 언젠가 당신이 채워주기를 바란다.

46

고양이의 능력

명륜동 7평 남짓한 원룸에서 나는 고양이 한 마리와 살고 있다. 서울에 오고서부터 쭉 함께 살았으니 벌써 4년째다. 고양이와 나는 비슷한 속도로 살이 쪘고, 비슷한 빈도로 아팠으며, 다른 속도로 나이가 들었다. 내가 스무살 때 우리는 함께 청춘을 지나고 있었는데, 스물 넷이 된 지금 고양이는 홀로 중년에 도착했다. 장난감을 들기만 하면 쪼르르 달려와 순하게 앉던 것도 옛일이다. 이제는 장난감을 아무리 흔들어도 눈알만 굴릴 뿐 웬만해선 움직이지 않는다. 축 늘어진 고양이의 뱃살을 보며 살아온 날들 전부를 원룸에서 보냈을 고양이의 시간을 생각한다.

고양이가 4년 동안 한결같이 집을 지킬 동안 나는 많은 곳을 돌아다녔다. 매일 학교 또는 일터로 나갔고, 외박도 자주 했으며 아예 1년 동안 집에 들어오지 않은 적도 있다. 물론 이틀 이상 집을 비울 때는 나 대신 친구를 집에 들여 놓았다. 여러 사람의 손을 거치며 자란 고양이는 누구의 손길도 피하지 않는 개냥이가 되었는데, 그런 고양이의 순둥한 면이 어쩐지 죄스럽다. 마치 전학을 많이 다닌 아이가 어쩔 수 없이 갖게 된 어떤 유순함과 원만함 같아서. 집으로 돌아올 때마다 현관으로 마중나오는 고양이 앞에서 나는 항상 미안한 마음이다.

고양이에게 허락된 외출은 밤에 한 번, 내가 담배를 피러 옥상에 올라갈 때다. 저녁 시간만 되면 고양이는 문이 열리기만을 기다리는 듯 현관에서 낑낑댄다. 문을 열자마자 느이야옹- 하는 울음을 길게 뱉으며 우다다 계단을 올라가서는 구석구석 냄새를 맡으며 돌아다닌다. 에어컨 실외기와 화분들 사이를 어슬렁거리며 물건들이 제자리에 있는지 꼼꼼히 확인한다. 낮동안 억눌렸던 야성이 어둠 속에서 깨어나는지 작은 침입자라도 보이면 재빨리 다가가 앞발로 냥냥펀치를 날린다. 옥상을 충분히 순찰했다 싶으면 마지막 순서로 내게로 와서 그사이 바뀐 냄새를 확인한다.

더위가 한풀 꺾인 어느 가을날, 해가 지기 전에 고양이를 데리고 옥상에 올라갔다. 대낮의 옥상에는 한가득 볕이 내리쬐고 있었다. 빛이 바뀌었을 뿐인데 고양이는 마치 처음 가보는 곳인 마냥 몸을 낮추고 경계했다. 내 작은 발소리에도 화들짝 놀라 계단을 쏜살같이 내려가 집문을 긁는 것이었다. 그때 깨달았다. 사람보다 몇 배나 예민한 감각을 가진 고양이는 같은 공간을 몇 배는 다채롭게 지각할 수 있다는 것을. 어쩌면 고양이가 보는 세상과 내가 보는 세상은 완전하게 다른 것일지도 모른다.

내가 사는 공간이 과연 고양이에게도 같은 크기일까. 새로 들어온 박스에 코를 묻고 킁킁거리다 그 안에서 단잠을 자는 고양이, 손거울에 반사된 햇볕 조각을 커다래진 동공으로 쳐다보는 고양이, 이따금씩 창틀에 올라가 지나가는 사람들을 하염없이 쳐다보는 고양이. 미세한 변화를 예민하게 감지하고 호기심을 갖는 능력이 고양이를 고양이스럽게 한다. 고양이는 그 능력으로 내 작은 원룸에서 무한한 세계를 누린다.

7평에 사는 고양이를 보며 내가 세 들어 사는 1평짜리 몸을 떠올린다. 나도 할 수 있을까. 한 사람 안에 오래 머물면서 작은 변화에도 민감하게 반응하고 새롭게 반하는 일을. 어제의 당신과 다른 오늘의 당신을 놀라운 눈으로 말똥말똥 바라보는 일을. 자그마한 당신의 몸에서 무궁무진한 세계를 보는 일을. 나는 당신을 오래 사랑하기 위해 고양이의 능력을 빌리고 싶다.

47

너는 내가 가본 가장 먼 나라

우리는 같은 하늘 아래 살지만
다른 시간 속에 산다.
내게 아침이 밝아오면 네게 밤이 찾아오고
내게 봄이 돌아오면 너는 겨울이 시작된다.

우리는 같은 언어를 쓰지만
다른 문법으로 말한다.
해석 가능해도 이해 불가한 대화들 틈에서
나는 자꾸만 길을 잃는다.

우리는 같은 색의 눈을 가졌지만
다른 온도의 눈빛을 나눈다.
온도 차가 큰 너와의 눈맞춤에서
나는 종종 감기를 앓는다.

매일 마주해도 생경한
사랑의 얼굴, 사랑의 표정

어쩌면 너는 내가 가본 가장 먼 나라
낯설어 매혹적인 이방인
돌아올 길이 없어 네 안에 체류한다.

48

우리는 사랑을 잘 해야 합니다

나는 관계의 끈이 팽팽해질 때 당기지 않고 놓아버리는 버릇이 있습니다. 나의 반대편으로 걸어가는 사람을 쫓아가다 내 자리를 벗어난 적이 많은 탓입니다. 멀어져가는 그 사람을 쫓아가면 쫓아갈 수록 나는 나로부터 멀어졌습니다. 사위가 어두워지고 시야가 좁아져 주변에 놓인 다른 끈들조차 보이지 않았죠. 조금만 더 가면 닿을 것 같은데, 조금만 더, 하고 뛰어가보기도 했으나 그 자리엔 늘 아무도 없었습니다.

나와는 너무 다른 당신과의 연애에서 우리는 자주 팽팽해집니다. 내게는 중심부에 있는 어떤 문제가 당신에게는 가장자리에 지나지 않다든가, 내가 가장자리로 흘러보낸 일들이 당신을 찔러 상처가 되는 그런 거 있잖아요. 우리는 서로에게 어쩔 수 없는 타인이라는 사실과, 그럼에도 불구하고 하나가 되길 바라는 마음이 부딪혀 일어나는 마찰들.

어쩌면 그럴 때마다 내가 취해야 할 태도는 당신을 쫓아가는 것도, 당기는 것도 아닌 그저 끈을 놓지 않고 기다리는 일인지도 모르겠습니다. 하지만 이미 잦은 달리기로 체력이 바닥난 나는 그마저도 힘이 들었는지, 자주 당신을 놓으려 했습니다.

언젠가 우리가 크게 다퉜던 날 당신은 말했죠. 사랑에게 받은 상처는 마치 바톤처럼 다음 사람에게 이어지기 때문에 우리는 사랑을 잘 해야 한다고. 시리도록 날이 선 바톤은 다음 사람을 해할 뿐만 아니라 자신의 손에도 상처를 남긴다고.

그런데 사랑을 잘 한다는 것은 어떤 걸까요. 당신과 나는 생각이 달라서, 서로를 이해하기 어려워서, 그 어려운 걸 가능케 하려다 보니 자꾸 말이 꼬이고, 그래서 우리는 싸우니까, 이 모든 것들의 원인인 '다름'을 인정하면 우리는 사랑을 잘 하는 건가요. 하지만 '인정'

이라는 말의 절반은 '포기'가 아니던가요. 서로의 어느 부분도 포기하지 않으면서, 서로의 세계를 온전히 이해하고 이해 받는 일은 사랑에 대한 환상인지도 모르겠습니다.

그러니 나는 사랑을 잘 하는 것보단 그저 '사랑'만 생각하려고 합니다. 우리 사이에 놓인 넓고 깊은 강을 받아들이려 합니다. 사랑은 어쩌면 강을 사이에 두고 끈을 맞잡고 있는 두 사람이, 어느 한 편을 끌어당겨 넘어오게 만드는 게 아니라, 그대로 강을 따라 나란히 걷는 일인지도 모르니까요. 비가 내려 강이 범람해도, 물안개가 껴 당신이 보이지 않더라도, 불안해하지 않고 조급해하지 않고 가만히 끈을 잡고 있는 힘을 기르려 합니다.

그렇게 나란히, 나란히 걷다보면 언젠가는 끈이 아니라 손을 맞잡을 날이 오리라 믿습니다. 우리, 그날을 생각하며 조금만 견뎌보기로 해요. 나는 정말 사랑을 잘 하고 싶으니까요.

LA PREP
PROTÈGE
DU VIH
LA PREP
PROTÈGE
DU VIH
LEMOUVEMENT

49

서울의 눈

눈이 오면 세상 모든 모서리들이 하얗게 지워지기 시작한다.
날카로운 가지 끝도, 고집스러운 전신주도, 자리를 못 잡는 내 머리칼도
온종일 세웠던 날을 거두고 눈송이에 자리를 내어준다.

홀로 나리던 눈은 지상에 내리는 순간
또 다른 눈을 만나 손을 잡고 몸을 맞대며 비어진 공간을 채운다.
한 겹 두 겹 쌓이다 마침내 공백이 순백이 되었을 때
도시는 새 이불을 덮은 마냥 포근한 표정을 짓는다.

그런 날이면 사람들도 풍경을 닮아
조금은 희어지고 둥글어져서 서로를 매만지곤 한다.
무수한 마음들이 무수한 마음들을 돌보느라 분주한 이 밤,
하늘도 쉬이 잠들지 못하는지 내내 희뿌연 빛이다.

50

지금 여기, 서울

봄은 성큼 다가오더니만 영 무리였는지 주춤거리며 다시 뒷걸음질 치고 있었다. 찬 바람이 좁은 간격으로 불어오는 종로의 포장마차에서 우리는 그간의 공백을 좁히기에 열심이었다. 그 자리엔 5년간의 여행 끝에 한국으로 돌아온 '충'과, 그런 그를 2년 만에 보는 '진'과, 그런 그녀를 6개월 만에 보는 내가 있었다. 우리는 2년 전 다합에서 만났다. 바다를 끼고 살았던 우리가 서울의 메탈빛 건물들 사이에서 만나면 어색함에 몸이 꼬일 줄 알았는데 괜한 걱정이었다. 그때와 달라진 게 있다면 늘 잔잔한 인디 음악이 깔렸던 우리의 술자리에 알 수 없는 뽕짝이 들어선 것과 옷차림새가 좀 더 도시 사람에 가까워진 것 정도려나. 진과 나는 예와 같이 들뜬 기분으로 충의 이야기를 기다렸다.

다합에서 지낼 때 충은 우리에게 언제나 다정한 친구이자 존경하는 어른이었다. 어쩌면 우리가 그를 좋아하는 마음은 팬심에 가까웠는지도 모르겠다. 같은 방을 썼던 진과 나는 밤새도록 각자의 침대에 누워 지난 하루 충이 어떤 말을 했는지 되새김질 하곤 했다. 그는 말이 많은 편은 아니나 가만히 듣고 있다가 툭 내뱉는 말들이 뼈보다는 심장을 두드리는 사람이었다. 그러다가도 한번 말이 터지면 빠른 속도로 듣는 이들을 이야기 속으로 끌고 들어가기도 하니 그가 말이 많은 편이 아니란 서술이 적절한지는 모르겠다. 아무튼 무리하지 않고 분위기를 이끄는 힘이 그에겐 있었다. 그건 절대 다른 여행자들에 비해 상대적으로 나이가 많아서라든지, 혹은 가장 오래 그곳에 머문 사람이라서든지 하는 지위적인 문제가 아니었다. 내가 느끼기에 그의 유인력은 '지금 이 순간'을 가장 행복하게 보낼 수 있는(혹은 보내고자 하는) 능력에 있다.

이를테면 이런 식이다. 한바탕 다이빙을 끝내고 돌아와 다들 퍼질러 누워 있을 때, 그는 종종 이렇게 말하곤 했다. "우리 지금 맥주 마시면 정말 행복할 거야." 그러면 하나둘씩 게으른 몸짓으로 자리에서 일어나 바닷가 근처 펍으로 향했다. 그곳에서 맥주를 마시면 정말 그의 말대로 '행복'이라는 추상적인 단어가 구체적인 감각으로 다가오는 것이다. 젖은 머리칼이 바닷바람에 서서히 마르며 이 세상에 편재한 외로움과 그리움들도 함께 말라가는 것 같았다. 실은 그것들이 내게서 잠시 한 걸음 물러선 것일 뿐이겠지만 스물한 살의 나는 그렇게 느꼈다. 맥주를 마시고는 대개 바닷가를 따라 난 길을 따라 산책을 했다. 충은 늘 뒷짐을 진 채 일행들보다 몇 걸음 앞서 걸었다. 그러다 가만히 서서 야자수 나무나 거기에 걸린 뭉게구름 같은 것을 한참 응시하며 뒤따라오는 일행들과 속도를 맞추는 식이었다. 내가 기억하는 그의 뒷모습은 때로는 갖가지 감각들을 향유하는 음유시인 같기도, 때로는 마냥 천진난만한 아이 같기도 했다.

충이 감각에 귀 기울이는 일만큼이나 공을 들이는 일은 마음을 나누는 일이었다. 마음을 나누는 일이라고 해봐야 우리가 여행에서 늘 하는 일이지만 그는 특별한 일을 꾸몄다. 바로 자신이 직접 라디오를 진행하는 것이다. 충이 호스트로 그날의 주제를 정하면 청취자들은 신청곡과 함께 사연을 써서 메신저로 보내주는 방식이다. 스튜디오는 파도 소리와 야자수 잎사귀 부딪히는 소리가 섞여 들려오는 숙소의 옥상, 장비는 블루투스 스피커 하나면 된다. 일종의 오픈 라디오인 셈이다. 해가 떨어지고 더위가 식을 때 즈음 사람들이 옥상에

모이면 〈당신만의 BGM〉이 울려 퍼지며 라디오가 시작된다.

> "좋아하는 노래를 들으면 그 사람이 어떤 사람인지 조금은 보이는 것 같아요. 각자 다섯 곡씩, 서른 개의 노래가 모였네요. 누가 신청했는지는 알 수 없지만 좋아하는 노래를 함께 들으며 서로의 있는 그대로를 느껴봅시다. 그럼, 첫 번째 곡 들려드리겠습니다."

첫 방송에서는 각자 보내온 신청곡들을 들으며 별이 빼곡한 밤하늘을 멀뚱멀뚱 바라봤다. 그 자체로도 좋았지만 충은 매번 새로운 시도를 했다. 나를 울린 BGM, 시가 있는 BGM으로 주제가 바뀌며 좀 더 서로의 깊은 곳을 들여다볼 수 있게 되었다. 라디오를 통해 누군가는 가슴 한 켠의 아픈 기억을 끄집어내기도 했고, 누군가는 오래 묻어온 고마움을 표현하기도 했다. 시가 있는 BGM은 내가 다합을 떠나기 전날 진행되었는데, 그래서인지 사연들은 대개 나를 향한 편지였다. 한 달간 서로를 식구라 부르던 이들이 전하는 작별인사에 나는 자꾸만 눈물이 나려는 걸 숨기기 힘들었다. 분명 익명인데 누가 쓴 글인지 다 알 것 같아서였다. 그중 유난히 내 기억에 깊숙이 박힌 시는 이란의 시인 '잔달라딘 루미'의 작품이다.

봄의 정원으로 오라

이곳에 꽃과 술과 촛불이 있으니

만일 당신이 오지 않는다면

이것들이 무슨 의미가 있는가

그리고 만일 당신이 온다면

이것들이 또한 무슨 의미가 있는가

시를 전하며 사연을 보낸 청취자는 이렇게 덧붙였다. 우리가 서로를 만났기에 다합이 의미 있는 곳이었다고. 그러니 우리가 언젠가 다시 만난다면, 그곳이 곧 다합일 거라고.

하지만 우리가 다시 만나기에 지구는 너무 넓었다. 우리는 강물처럼 흐르다 우연히 여울목에서 한번 고였던 것이다. 갈라진 물줄기들이 그러하듯 우리가 다시 한 군데에서 고일 기회는 없었다. 제일 먼저 한국으로 돌아온 진과 나만이 이따금씩 만나 지난 추억을 되새김질했다. 너무 아름다운 추억은 씹으면 씹을수록 쓴맛이 났다.

계절이 몇 번이나 바뀌어도 충은 돌아오지 않았다. 그는 정말 요정처럼 지천을 떠돌아다녔다. 들려오는 소문마다 하나같이 그 다웠

다. 오랜 숙제를 해결하듯 인도로 가서는 바라나시에만 세 달을 머물렀단다. 그러다 10일 동안 산속에 틀어박혀 묵언수행을 하기도 했다니. 그를 만나야겠다는 마음 하나로 나는 다시 인도로 향했다. 그리하여 이집트에서 종영했던 라디오는 인도에서 1년 만에 재편성되었다. 바다는 없지만 설산이 있는, 다합처럼 매일매일 밤하늘이 소란스러운, 라다크라는 마을에서.

마을에 전기가 끊겨 촛불 하나에 온 식구가 둘러앉았던 밤이었다. 추억 속의 그 노래, 〈당신만의 BGM〉이 흘러나왔다. 창밖에서는 푸르스름한 달빛 아래 까만 나무들이 우수수 몸을 흔들었다. 로비 한가운데 둘러앉아 눈을 감고 노래를 듣는 우리에게 현지인 직원은 종교의식을 하는 것이냐 묻기도 하였다. 세 시간이 지났을까, 하나 둘 꾸벅꾸벅 졸기 시작할 때 즈음 충이 마지막 곡을 알렸다. 좀처럼 자기 얘기를 잘 하지 않는 그가 자신의 사연을 스스로 읊었다.

"언제부터였는진 모르겠는데, 어느 순간부터 사람들이 꿈이 뭐냐고 물으면 저는 항상 '나무'라고 대답했어요. 늘 다른 모습이지만 늘 거기 있는 존재. 우리가 흐르는 강을 볼 때, 지금 흐르는 물, 어제 흐르는 물 다 다르지만 하나같이 강이라고 부르잖아요. 매 순간 변화하더라도 본질은 달라지지 않죠. 싯다르타의 책에 이런 구절이 있어요. 나무에 꽃이 피면 반드시 꽃이 지고, 꽃이 지면 열매가 맺힌다. 그러니 꽃이나 열매가 되려 하지 말고 나무가 되어라. 나무가 되는 일이 제 삶의 방향성인 것 같아요. 요즘 옥상에 올라서 바람에 흔들리는 나무를 보면 그렇게 기분이 좋을 수가 없어요. 그때 우연히 스피커에서 흘러나온 노래를 들려드릴게요."

그의 말을 끝으로 조동진의 〈나무가 되어〉가 재생되었다. 노래를 들으며 그동안 보아온 충의 모습들을 하나씩 떠올렸다. 매 순간 햇볕이 가장 따사롭게 내리쬐는 곳을 향해 손을 뻗는 사람. 그래서 과거나 미래보다는 현재가 가장 중요한 사람. 지나온 나이들이 나이테처럼 새겨진 사람. 그래서 아이 같기도, 노인 같기도 한 사람. 언제나 한결같이 그 자리에 있는 사람. 그래서 내가 언제든 돌아올 수 있는 사람. 퍼즐조각 같은 기억들을 맞추니 그의 모습은 한 그루의 나무가 되었다.

*

한국으로 돌아온 뒤에도 여전히 충은 나무를 꿈꾸는 듯했다. 그에게 들은 근황은 떠나 있을 때랑 별다를 게 없어 보였으니 말이다. 그는 요즘 서울을 여행하기에 열심이라 했다. 5년이라는 세월이 통과하며 변화한 서울은 그에게 또 다른 여행지였다. 당분간은 서울을 열심히 걸으며 책을 읽고, 커피를 마시거나 사람들을 만나며 시간을 보낼 거라 했다.

진과 내가 번갈아 물었다.

"오랜만에 사람들 만나면, 어디가 제일 좋았냐는 말 많이 들을 것 같아."

"맞아, 그럴 때마다 어디라고 대답해?"

나는 그가 어떤 대답을 할지 알 것 같기도 했다.

"지금 여기, 서울."

51

기억의 편집

누군가를 그리워하는 일은 누군가를 상상하는 일이다.

무엇을 더하는 것만이 상상력은 아니다.

무엇을 빼는 것 또한 상상력이다.

우리는 그렇게 편집된 타인을 미워하거나 사랑하며

오해와 이해 사이 어느 한 점에서 절뚝거린다.

에필로그

여전히 단단해지지 못한 채로 돌아왔지만
여렸기에 여린 것을 알아볼 수 있었으니 다행입니다.
이 세상에선 홀로 단단해지는 것보다는
함께 물러지는 편이 더 견디기 좋다는 걸 배웠습니다.

찬란했던 만남들은 이미 지나가버렸지만
그 시간들은 이 책 속에서 무한히 재생될 것입니다.
처음 낯선 곳에 발디딘 순간부터
당신이 이 책을 덮은 순간까지가
'나로부터 당신까지의' 여행'이었습니다.

함께해주셔서 고맙습니다.

2018년 가을의 초입에서,

연지.